ERIN DAVIS

Beautiful

Entdecke die Schönheit in dir

Über die Autorin

Erin Davis engagierte sich gemeinsam mit ihrem Mann viele Jahre in der Studentenarbeit. Sie ist Gründerin von „Graffiti Ministries“, einer Organisation, die es auf dem Herzen hat, Mädchen und jungen Frauen ihre Identität, ihren Selbstwert und wahre Schönheit zu vermitteln.

Erin Davis

Beautiful

Entdecke die Schönheit in dir

Aus dem Englischen übersetzt
von Marion Achenbach

Gerth Medien

MIX
Papier aus verantwortungsvollen Quellen
FSC® C006701

Verlagsgruppe Random House FSC-DEU-0100
Das für dieses Buch verwendete FSC®-zertifizierte Papier
Enso Classic 95 liefert Stora Enso, Finnland.

Die amerikanische Originalausgabe erschien im Verlag
Moody Publishers, 820 N. LaSalle Boulevard, Chicago, IL 60610 USA,
unter dem Titel „Graffiti. Learning to see the art in ourselves"

1. Auflage 2012
Bestell-Nr. 816739
ISBN 978-3-86591-739-3

Umschlaggestaltung: Immanuel Grapentin
Satz: Die Feder GmbH, Wetzlar
Druck und Verarbeitung: CPI – Ebner & Spiegel, Ulm
Printed in Germany

Für Jason, der die Schönheit in mir immer gesehen hat.

Inhalt

Vorwort

Manchmal werde ich gefragt, wovon dieses Buch handelt. Dann erkläre ich immer ganz begeistert, dass es darin um die Entdeckung unserer Schönheit geht und ich dazu in der Bibel nach Antworten gesucht habe.

Vielleicht sollte ich an dieser Stelle verraten, dass ich Graffiti mag. Ehrlich, ich finde sie schön! Möglicherweise fragst du dich jetzt: „Was hat denn das mit Schönheit zu tun?"

Lass es mich erklären: Ich habe Graffiti im Laufe der Jahre immer mehr als eine wunderschöne Kunstform schätzen gelernt. Mich faszinieren die gesprühten Formen und Farben, die man auf Eisenbahnwaggons und Brücken sehen kann. Oft bestaune ich die Einzigartigkeit der einzelnen Bilder. Für die meisten steckt dahinter nichts anderes als blinde Zerstörungswut. Natürlich bin ich auch nicht dafür, dass man öffentliche Gebäude beschmiert. Aber die meisten Menschen erkennen nur das als Kunstwerk an, was mit einem Pinsel gemalt ist – und nicht mit einer Sprühdose. Ich hingegen bin zu der Erkenntnis gekommen, dass man wahre Schönheit oft in den Dingen entdecken kann, die andere für wertlos halten.

Mit unserer Schönheit ist das ähnlich. In unserer Gesellschaft wird von uns erwartet, dass wir uns nach dem gängigen Schönheitsideal richten, nach festgelegten Maßstäben. In Zeitschriften und auf Werbeplakaten wird uns eine Art von Schönheit präsentiert, bei der es hauptsächlich um äußerliche Vollkommenheit geht. Sie bringt uns dazu, unseren eigenen Wert infrage zu stellen, weil wir diesem Ideal eben nicht entsprechen.

Ich bin nicht die Erste, der es auffällt, dass Generationen von jungen Frauen Probleme damit haben, ihren Wert, den sie von Gott geschenkt bekommen haben, anzunehmen und ihre angeborene Schönheit zu erkennen. Vielleicht bist du noch nicht sicher, ob du dieses Buch überhaupt lesen sollst. Ich kann dir nur eins sagen: Meine Suche nach Freiheit von der Last meiner Selbstzweifel begann damit, dass ich anfing, in der Bibel nach Antworten zu suchen.

Dabei fand ich etwas Geniales heraus: In diesem dicken Buch gibt es ganz spezielle Zusagen an mich, die meinen Wert und meine Schönheit betreffen. Meine Sehnsucht danach, schön zu sein, ließ sich allerdings nicht einfach durch die Floskel „Gott liebt mich so, wie ich bin" stillen. Stattdessen fand ich Hilfe in ganz vielen verschiedenen Wahrheiten der Bibel, die Gott mir auf liebevolle Weise deutlich machte.

In diesem Buch erfährst du unter anderem, was passiert, wenn wir unsere eigene Schönheit nicht erkennen können. Du wirst etwas von der „Broken-Windows-Theorie" hören und lesen, warum unser Denken Einfluss auf unser Handeln hat. Und du wirst erfahren, dass allein wir selbst für unsere Entscheidung, wem wir glauben wollen, verantwortlich sind: dem Wort Gottes oder den lügnerischen Botschaften unserer Gesellschaft.

Ich bete dafür, dass du frei wirst von äußerem Druck und aufhören kannst, dem Schönheitsideal nachzujagen, weil du von anderen akzeptiert werden willst. Ich bete dafür, dass du Stärke und Trost in den Zusagen findest, die Gott, der Schöpfer, uns – seinen Geschöpfen – gibt.

Erin Davis

Kapitel 1:

Wenn ich in den Spiegel sehe: Ein Blick auf das eigentliche Problem

Ich kniete auf dem Boden meines winzigen Badezimmers und rang nach Fassung. Zum dritten Mal in dieser Woche verspürte ich den Drang, zu drastischen Maßnahmen zu greifen, nachdem meine Waage mir so erbarmungslos die Rote Karte gezeigt hatte, dass mir die Haare zu Berge standen.

Bereits zweimal zuvor hatte ich Gott angefleht, mir zu helfen, weil ich in Versuchung war, mir den Finger in den Hals zu stecken, aber dieses Mal war der Kampf zu heftig. Tränen der Frustration strömten mir übers Gesicht, während ich der Versuchung nachgab.

„Wie konnte es nur so weit kommen?", flüsterte ich. „Ich dachte, damit hätte ich längst abgeschlossen."

Dieser Tag im Badezimmer und noch viele weitere Tage in meinem Kampf, meine eigene Schönheit wahrzunehmen, sind mir als denkwürdige Augenblicke in Erinnerung geblieben. Die verzweifelten Worte, die ich an jenem Tag Anfang 2003 hervorstieß, schienen eigentlich zunächst unbegründet zu sein, denn es war ein Jahr, in dem alles gut lief. Ich hatte erst vor Kurzem den Mann meiner Träume geheiratet. Wir waren beide als Jugendpastoren im Mitarbeiterteam einer netten Gemeinde tätig und lebten in einer reizenden kleinen Stadt. Beruflich lief es gut. Ich hatte viele Freunde. Anscheinend hatte ich doch alles unter Kontrolle. Wo war dann der Haken?

Ich wusste die Antwort: Es lag an mir. Ich selbst war der Haken. Bei jedem Blick in den Spiegel kannte ich schon vorher meine Makel, und das Spiegelbild bestätigte mir, dass ich hässlich und fett und mein Anblick bedauernswert war.

An jenem Tag, als mir jedes Mittel recht war, mein Gewicht unter Kontrolle zu halten und die Kontrolle über meine Schönheit wiederzugewinnen, kniete ich auf dem Boden und hörte auf die innere Stimme, die mir mal wieder dieselben Lügen ins Ohr flüsterte, denen ich schon Tausende Male zuvor geglaubt hatte. Obwohl ich meine Essstörung bereits seit zwei Jahren nicht mehr ausgelebt hatte, war seitdem kein einziger Tag vergangen, an dem ich nicht den Gedanken hatte, wertlos und hässlich zu sein.

Solange ich zurückdenken kann, hatte ich – anstatt die vorteilhaften Seiten an mir zu sehen – mich über meine Oberschenkel geärgert, die ich zu dick fand, und über meinen Bauch, der nicht flach genug war. Manchmal fühle ich mich richtig getrieben von meinen Problemen. Dann verliere ich automatisch den Blick auf all das, was Gott Gutes für mich bereithält, weil ich mich nur noch wie besessen um meinen eigenen Körper drehe.

Ich habe schon zahllose Kämpfe mit mir selbst ausgefochten. Diese Momente sind meine intimsten Geheimnisse, sie spielen sich in den hintersten Winkeln meines Herzens ab. Einfacher wäre es, wenn ich dir meine Schwächen in diesem Bereich verschweigen würde. Lieber würde ich dich glauben lassen, dass ich mein Leben hundertprozentig auf die Reihe kriege. Aber ich denke, dass es gut ist, wenn du erkennst, was das eigentliche Problem ist.

Warum? Weil ich weiß, dass du auch damit zu kämpfen hast. Da bin ich mir ganz sicher. Ich bin nicht die Einzige, die so empfindet. Nachdem mir das klar wurde, machte ich allmählich Fortschritte. Als Gott damit anfing, mich aus meinen tiefen Selbstzweifeln herauszuholen, erkannte ich, dass ich anderen mitteilen sollte, was sich in meinem Innersten abspielte. Ich machte mich auf den Weg, um mich mit Mädchen und jungen Frauen – Menschen wie du und ich also – zu unterhalten. Sie sprachen über ihre Oberschenkel und ihren Bauch. Sie sahen sich prüfend an und verglichen jede einzelne Rundung miteinander. Ich stand dabei und beobachtete, wie sie denselben Lügen auf den Leim gingen, auf die ich selbst auch jahrelang reingefallen bin:

„Du bist fett.“
„Du bist hässlich.“

„Andere Mädchen sind viel hübscher als du.“
„Mit dir stimmt etwas nicht.“
„Du bist nichts wert.“

Zurück bleiben vor allem die Fragen: Sind wir minderwertig, etwa eine Fehlkonstruktion? Können wir überhaupt schön sein?

Die Antworten auf diese Fragen sind der Schlüssel zu unserer Freiheit. Aber wir müssen ihnen auf den Grund gehen. In der Bibel gibt es so viele Stellen, die unsere Schönheit und unseren Wert bestätigen. Doch wir müssen nach der Wahrheit suchen, um die Lügen zu entlarven, die sich so tief in unsere Herzen eingegraben haben. Vielleicht hast du noch nie zu solch drastischen Maßnahmen gegriffen, wie ich es tat – nur um dich schön zu fühlen. Aber wenn du je an deiner Schönheit und an deinem Wert gezweifelt hast, dann bist du einer Lüge auf den Leim gegangen. Wichtig ist, dass wir frei werden von dieser Lüge – und ja, das ist möglich!

Bei dem Kampf, der sich in unserem Inneren abspielt, spielen mehrere Faktoren eine Rolle. Ich weiß aus Erfahrung, dass es nicht einfach ist, diesen Kampf zu gewinnen. Aber ich weiß auch, dass du es schaffen kannst, wenn du deine Augen auf Jesus richtest.

Du bist nicht die Einzige, die dieser Lüge geglaubt hat. Du bist nicht die Einzige, die mit dem, was sie im Spiegel sieht, nicht zufrieden ist. Außer dir gibt es noch zahllose andere Mädchen, die ihre eigene Schönheit infrage stellen.

Ich möchte, dass du weißt, es *gibt* ein Spiegelbild, das sich nicht über dich lustig macht. Es *gibt* einen Ort, wo wir hingehen können und wo man uns sagt, dass wir schön und liebenswert und begehrenswert sind. Dieses Spiegelbild ist Jesus Christus. Ob du es glaubst oder nicht: Die Bibel enthält viele Verse, die sich mit deiner Schönheit beschäftigen und dir deinen Wert bestätigen.

Wie steht es mit dir?

Ich wünsche mir sehr, dass dieses Buch dich dazu ermutigt, dich mit deinen Problemen auseinanderzusetzen. Es lohnt sich! Lass uns gemeinsam anhand der Bibel unsere Schönheit entdecken. Und ich rate dir auch, mit Gott über alles persönlich ins Gespräch zu kommen. Denn er hat dich erschaffen – und in seinen Augen bist du schön! Er sehnt sich danach, mit dir zu reden und zu hören, was du auf dem Herzen hast. Am Ende eines jeden Kapitels findest du ein paar leere Zeilen, auf denen du deine eigenen Erfahrungen und Gedanken festhalten kannst. Aus eigener Erfahrung kann ich sagen, dass dies zwar etwas Mühe kostet, denn oft sitzen unsere Probleme schon so tief, dass es schwierig ist, sie genauer unter die Lupe zu nehmen und herauszufinden, was genau wir empfinden und wo die Schwierigkeiten eigentlich herkommen. Aber die Mühe ist es wirklich wert. Denn erst, wenn man das Problem erkannt hat, kann man es bekanntlich auch lösen. Die Fragen am Ende der Kapitel sollen dir eine Hilfestellung geben. Natürlich kannst du auch nur das aufschreiben, was dir auf dem Herzen liegt. Ich bete, dass der Heilige Geist dieses Buch benutzt und du darin Hilfe findest.

Was hältst du von der Idee, Gott einen Brief zu schreiben? Erzähl ihm, mit welchen „Schönheitsproblemen" du besonders zu kämpfen hast. Bitte ihn, dir zu helfen, die Lügen aufzudecken, denen du bisher geglaubt hast; und dann sei offen für Gottes Wahrheit über deine Schönheit. Sag ihm, dass du bereit bist, mit ihm offen darüber zu reden, und bitte ihn, dass er bei euren Gesprächen die Leitung übernimmt. Du wirst mit Sicherheit überrascht sein, mit welcher Liebe er zu dir spricht, und du wirst dich so bestätigt fühlen, wie du es nie für möglich gehalten hättest!

Hast du Lust bekommen, mit mir diese Reise anzutreten? Willst du gemeinsam mit mir herausfinden, was Jesus über deine Schönheit zu sagen hat? Hast du den Mut, einen tiefen Blick in dein Inneres zu werfen, während ich meine intimsten Gedanken vor dir ausbreite? Lass uns gemeinsam diesen Weg gehen. Ich bete darum, dass du ein ganz neues Selbstwertgefühl bekommst und erkennen kannst, dass deine Schönheit ein Geschenk von Gott ist und du sein Meisterwerk bist.

Kapitel 2:

Die Geschichte der Schönheit: Wer kann da noch mithalten?

Stell dir vor, du bereitest dich auf eine Tanzveranstaltung vor. Alle deine Freunde werden auch da sein. Dein Freund, mit dem du verabredet bist, ist total süß. In nur wenigen Stunden wird er mit einer Pferdekutsche vorfahren und dich abholen (genau wie ein Märchenprinz!). Dein Kleid sieht umwerfend aus – du fühlst dich darin wie eine Prinzessin! Auf diesen Abend wartest du schon seit Wochen.

Bevor dein Freund ankommt, hast du dich bereits stundenlang zurechtgemacht. Um deiner Haut ein weiches und frisches Aussehen zu geben, hast du ein ausgiebiges Bad in Eselsmilch genommen. Deine Augenbrauen hast du zu einem eleganten, schmalen Bogen gezupft. Passend zu deinen hellroten Lippen und Wangen hast du dir deine rote Perücke mit den perfekten Locken herausgesucht. Um den anderen hübschen Mädchen mit ihrer schönen Alabasterhaut in nichts nachzustehen, trägst du dir noch eine helle Grundierung auf, ein Gemisch aus Bleiweiß und Essig. Da ein durchsichtiger Teint gerade der letzte Schrei ist, malst du dir noch ein paar falsche Adern ins Gesicht und gibst mit ein paar „Belladonna"-Tropfen (Saft der Tollkirsche) deinen Augen einen feurigen Glanz. Ja, klar, diese Pflanze ist giftig, aber was soll's, du brauchst sie eben, um deine Augen zum Strahlen zu bringen.

Hört sich ganz nach einem Mode-Albtraum an, oder? Die Vorstellung, dass jemand einen blassen, fast kränklich aussehenden Teint attraktiver findet als das gesunde Aussehen, auf das wir „Sonnenanbeter" stehen, ist doch komisch, nicht wahr?

Kannst du dir vorstellen, dir Gift in die Augen zu tröpfeln, damit sie mehr funkeln oder dir Adern ins Gesicht zu malen, damit deine Haut durchsichtig aussieht? Klingt krass, oder?

Aber genau das waren die Schönheitsstandards für die Damenwelt in der Zeit von Königin Elisabeth I. Anstatt eine schlanke Figur, sonnengebräunte Haut und so prächtige, lange Haare haben zu wollen, wie unsere heutigen Stars sie vorweisen können, wünschte man sich damals nichts sehnlicher, als so auszusehen wie Königin Elisabeth. Sie galt in ganz England als das absolute Schönheitsideal. Sie hatte einen enorm blassen Teint, trug eine rote Perücke und ihre Lippen waren knallrot geschminkt. Ihr extrem hoher Haaransatz kam daher, dass sie sich – halte dich fest! – die Haare einzeln auszupfte. Autsch, kann ich da nur sagen!

Königin Elisabeth war nicht die einzige Frau, deren Schönheitsideal uns ziemlich exotisch vorkommen muss. Die ägyptische Königin Kleopatra, die circa 30 Jahre vor Christus gelebt hat, benutzte Lippenstifte, die aus einer Mischung aus fein zerstoßenen Käfern mit Ameiseneiern hergestellt wurde. Im alten Ägypten trugen viele weibliche Pharaonen bei der Teilnahme an wichtigen Zeremonien außerdem einen falschen Bart. Etwas näher an unserer heutigen Zeit – während des Zweiten Weltkriegs – benutzten die Frauen Bratensoße oder starken Tee als Bräunungscreme für ihre Beine, weil es aufgrund der Kriegsrationierungen keine Seidenstrümpfe gab.

Wer etwas über die Geschichte der Schönheit liest, hat den Eindruck, nicht ein Modemagazin vor sich zu haben, sondern einen Ausschnitt aus der Grusel-Sendung „Fear Factor"! Während in der einen Kultur bestimmte Vorstellungen gelten, wie eine schöne Frau auszusehen hat, wird in der nächsten Ära schon wieder ein Umstyling für nötig gehalten. Doch egal, in welchem Zeitalter wir leben: Wir Frauen haben schon immer damit zu kämpfen gehabt, dem modernen Schönheitsideal zu entsprechen.

Schönheit um jeden Preis

Tatsächlich haben Frauen schon immer alles Erdenkliche getan, um sich schön zu fühlen. Seit Jahrhunderten arbeiten wir hart daran, dass wir mithalten können.

Die Alabasterhaut, die ich vorhin erwähnt habe, war für die moderne Frau vor vierhundert Jahren ein absolutes Muss. Aber durch die Spezialbehandlung der Haut entstanden auch eine Vielzahl an Hautproblemen. Einige Autoren, die in jener Zeit über das Thema Schönheit schrieben, rieten davon ab, sich Bleiweiß und Essig ins Gesicht zu schmieren, und wiesen darauf hin, dass die Haut dadurch grau und faltig wird. Schlimmer noch: Die Grundierung hatte zahlreiche körperliche Probleme zur Folge und führte in manchen Fällen sogar zu Muskellähmungen und zu einem frühzeitigen Tod.

In der Renaissance trugen sich reiche Italienerinnen ein beliebtes Gesichtspuder auf, das aus Arsen hergestellt wurde. Die Frauen wurden angehalten, sich das Gesicht zu pudern, wenn sie sich in der Nähe ihrer Ehemänner aufhielten. Dieser merkwürdige Trend nahm eine grauenvolle Wendung, als der Erfinder dieses Puders später hingerichtet wurde, nachdem nicht weniger als 600 Ehemänner daran gestorben waren, dass sie ständig dem Gift ausgesetzt waren.

Im alten China galten kleine Füße als schön. Deshalb wurden sie jungen Mädchen schon ab einem Alter von sechs Jahren mit Bandagen eingebunden, um sie am Wachstum zu hindern. Wenn die Füße perfekt abgebunden waren, wurde der Fuß idealerweise höchstens zehn Zentimeter lang. Dieses Schönheitsideal hinderte die Frauen daran, weite Strecken zu gehen, zu rennen und zu tanzen.

Hast du schon einmal etwas vom Stamm der Padaung in Myanmar (das Land wird auch Birma genannt) gehört? Ich bin sicher, von deren Schönheitsideal hast du schon einmal gehört. Ihre berühmten langen Hälse, die dort als schön empfunden werden, erreichen sie nur durch extreme Maßnahmen: Schwere Spiralringe sollen den Hals der Frauen optisch so verlängern, sodass dieser irgendwann eine Länge von fast vierzig Zentimetern erreicht – was schwerwiegende Deformierungen an Hals und Schultern zur Folge hat.

Diese Schönheitsideale klingen in unseren Ohren bizarr. Die Vorstellung, dass Frauen für eine durchsichtige Haut, winzige, nutzlose Füße und Giraffenhälse alles tun würden, oder dass Männer diese Merkmale attraktiv finden, mutet uns seltsam an. Noch merkwürdiger ist der Gedanke, dass Frauen sich schon von alters her unsicher gefühlt oder ihren Selbstwert infrage gestellt haben, wenn sie nicht den Schönheitsidealen entsprachen, die in ihrer Zeit Mode waren. Aufgemalte Adern? Ein Giraffenhals? Puder, das mit Arsen angereichert wird? Hallo, geht's noch? Doch mal ehrlich: Ist es bei uns heute so viel anders? Wir sind genauso wie unsere Vorfahren Schönheitsfanatiker, und wir haben eine Menge neuer Wege erfunden, um schön auszusehen – koste es, was es wolle. Von plastischer Chirurgie über Botox bis hin zu zwanghaftem Wunschdenken, das in Essstörungen ausartet – ich kann mir gut vorstellen, was später über uns und unsere Anstrengungen, dem aktuellen Schönheitsideal zu entsprechen, in den Geschichtsbüchern stehen wird.

Gewichtskontrolle – alles ist relativ

Für die meisten von uns zählt zur Schönheit nicht nur die Frisur, das Make-up und modische Klamotten. Fast genauso wichtig ist die Figur. Wenn du genauso denkst wie ich, dann sind *Schönheit* und *Dünnsein* für dich gleichbedeutend. Wie oft hattest du schon den sehnlichen Gedanken: „Wenn ich doch nur ein paar Kilo abnehmen würde, dann wäre ich wirklich schön." Oder: „Wenn ich so dünn wäre wie sie, dann würde ich wirklich schön aussehen."

Für viele von uns und für zahlreiche Frauen, die vor unserer Zeit gelebt haben, bedeutet der Kampf um das Erreichen des Gewichts, das in unserer Gesellschaft als ideal gilt, unbeschreiblichen Kummer und Frustration.

Natürlich stimmt es, dass in unserer Kultur das Gewicht bei der Schönheit eine wichtige Rolle spielt. Das ultradünne Schönheitsideal, das uns in Zeitschriften, Filmen und im Fernsehen vorgeführt wird, ist unser Vorbild, dem wir unbedingt nacheifern wollen. Hier ist der Beweis:

* Eine Studie, die vor Kurzem in Amerika durchgeführt wurde, belegt, dass mehr als die Hälfte der Frauen zwischen 18 und 25 Jahren sich lieber von einem Lkw überfahren lassen würde als dick zu sein. Zwei Drittel der Frauen in dieser Altersgruppe würden lieber in armen Verhältnissen leben oder weniger intelligent sein als Übergewicht zu haben.[1]

* Mädchen im Alter von 11 bis 17 Jahren wünschen sich am meisten, weniger Kilo auf die Waage zu bringen.[2]

* Laut einer amerikanischen Studie halten 20 Prozent der *untergewichtigen* jungen Mädchen eine Diät ein.[3] 91 Prozent der jungen Frauen, die kürzlich auf einem Universitätsgelände befragt wurden, hatten bereits versucht, ihr Gewicht mit einer Diät zu kontrollieren. 22 Prozent machen „häufig“ oder „immer“ eine Diät.

* Neu erkannte Fälle von Magersucht werden zu 40 Prozent Mädchen im Alter von 15 bis 19 Jahren zugeschrieben.

* Seit dem Jahr 1930 gab es bis jetzt jedes Jahr einen Anstieg der Fälle von Magersucht bei den 15- bis 19-Jährigen.[4]

Für mich ist mein Gewicht schon seit der Mittelstufe ein zentrales Problem. Meine Gedanken drehen sich ständig um den Wunsch, dünn zu sein. Gleichzeitig bin ich immer wieder frustriert, weil ich nicht genug Willensstärke besitze, um dieses Ziel zu erreichen. Auch wenn ich es nicht gern zugebe: Meine

Gedanken kreisen mehr um meine Gewichtsprobleme als um meine Familie, meine Freunde und um Gott.

Ob es dir wohl ähnlich geht? Kannst du dich irgendwo in einer der obigen Statistiken wiederfinden? Vielleicht bist du unglücklich über deine Figur. Vielleicht gehörst du zu den 91 Prozent, die schon einmal eine Diät gemacht haben oder zu den 22 Prozent, die ständig ihre Kalorien zählen.

Oder zählst du vielleicht auch zu der wachsenden Anzahl an Mädchen, der die heutigen Schönheitsvorgaben so wichtig sind, dass Essen für sie ein Luxus geworden ist, den sie sich nicht leisten können?

Ich kann dich verstehen! Ich kann mich fast mit allen Statistiken zum Thema Körperbild identifizieren, die jemals schriftlich festgehalten wurden. In unserer Geschichte gibt es eine Menge Frauen, die uns da Gesellschaft leisten. Wir haben gesehen, dass die Vorstellung von der perfekten weiblichen Figur sich so schnell ändern kann wie die Mode, aber unser innerer Kampf, mithalten zu können, wird nie aufhören.

In den 1890er-Jahren war eine kurvige Figur der absolute Renner (blöd, dass ich nicht damals gelebt habe!). Deshalb haben Frauen, die von Natur aus dünn waren, sich falsche Oberschenkel und Hüften angelegt, damit sie etwas fülliger aussahen. Kannst du dir vorstellen, deine Hüften und Oberschenkel zu polstern, damit du dich attraktiver fühlst?

In den 1920er-Jahren waren die Kurven dann wieder out. Stattdessen war eine jungenhafte Figur der absolute Hit. Die Frauen mühten sich ab, eine superdünne Figur zu bekommen. Im Gegensatz zu unserer heutigen Gesellschaft galten aber eine wohlgeformte Brust und ein knackiger Hintern als unattraktiv.

Dann schwang das Pendel wieder um, als in den 1950er-Jahren Marilyn Monroes Figur mit Kleidergröße 44 als ideal galt. Zwei Jahrzehnte später wollten alle Mädchen nur noch dem amerikanischen Topmodel Twiggy ähnlich sehen. Sie hatte die Maße 78–55–80 und wog nur 41 Kilogramm.

Und hier ist der Knüller: In jeder Gesellschaft gibt es ein Idealgewicht, das als attraktiv gilt, und die meisten von uns werden dieses Gewicht nie erreichen. Wie gehen wir also mit dieser Tatsache um?

Unvergängliche Schönheit

Angesichts der Tatsache, dass das, was in unserer Gesellschaft als schön gilt, sich ständig ändert – wie soll man sich da verhalten? Es gibt eigentlich nur eine Möglichkeit: an unserer bleibenden Schönheit zu arbeiten. In der Bibel gibt es einige Hinweise darauf, wie wir eine Schönheit erreichen können, die die ständig wechselnden Trends überdauert.

Petrus schreibt: „Macht euch keine Sorgen um äußere Schönheit, die auf modischen Frisuren, teurem Schmuck oder schönen Kleidern beruht. Eure Schönheit soll von innen kommen – das ist die unvergängliche Schönheit eines freundlichen und stillen Herzens, das Gott so sehr schätzt“ (1. Petrus 3,3–4).

Hat Petrus ein Problem mit Frisuren? Mag er keinen teuren Schmuck? Meint er damit, dass wir keine hübschen Klamotten tragen dürfen? Nein, darum geht es nicht. Aber es scheint auch ihm nicht entgangen zu sein, was einem klar wird, wenn man einen Blick auf die Geschichte wirft: Jede Art von Schönheit, die wir dadurch erreichen, dass wir irgendetwas an unserem Körper verändern, wird garantiert irgendwann hinfällig. Manchmal sind Zöpfe in Mode, dann wieder nicht. Hin und wieder sind glänzende Farben modische Akzentsetzer, dann sind sie wieder „Schnee von gestern“. Mitunter landet ein Mode-Must-have bereits als No-Go auf dem Schnäppchentisch, bevor ich auch nur die Gelegenheit hatte, es zu kaufen. Petrus weist darauf hin, dass solche kurzfristigen Modeerscheinungen niemals der Ursprung wahrer Schönheit sein können.

Aber diesen Ursprung wahrer Schönheit *gibt* es.

Noch mal zurück zu dem Vers aus dem 1. Petrusbrief: Petrus erwähnt hier eine Art von Schönheit, die niemals vergeht, die von Dauer ist. Schönheit, die nicht abhängig ist von Dingen oder Personen, die momentan besonders angesagt sind. Er betont, dass bleibende Schönheit von innen kommt, von einem freundlichen und stillen Herzen. Und dann macht er die erstaunlichste Aussage! Er erinnert uns daran, dass die innere Schönheit nicht nur bleibend ist, sondern dass Gott sehr viel Wert darauf legt. Kannst du dir etwas Schöneres vorstellen, als eine Art von Schönheit zu entwickeln, die von dem Gott des Universums bewundert wird?

Paulus gibt uns an anderer Stelle in der Bibel, im Philipperbrief, diesbezüglich eine wertvolle Anweisung. Er fordert uns auf, unsere Aufmerksamkeit auf Dinge zu richten, die einen ewigen Wert haben, anstatt uns auf die Maßstäbe dieser Welt zu konzentrieren. In Philipper 4,8 schreibt er: „Konzentriert euch auf das, was wahr und anständig und gerecht ist. Denkt über das nach, was rein und liebenswert und bewunderungswürdig ist, über Dinge, die Auszeichnung und Lob verdienen."

Ob man die Schönheitsmaßstäbe dieser Welt wohl als wahr oder anständig bezeichnen kann? Ich frage mich, ob man etwas so Unbeständiges wie das aktuelle Idealgewicht als rein oder gar liebenswert ansehen kann. Oder ob die Stars, die in den Modezeitschriften abgebildet sind, auch ohne die ganzen Wundermittel wie Make-up, das richtige Licht und die Kunststückchen der digitalen Bildbearbeitung noch liebenswert wären.

Als Audrey Hepburn, eine zeitlose Beauty-Ikone, darum gebeten wurde, ein paar Schönheitstipps zu geben, zählte sie ähnliche Dinge auf wie Paulus. Sie brachte ihre Ratschläge in dem folgenden Gedicht zum Ausdruck:

Für verführerische Lippen sprich freundliche Worte.
Für anmutige Augen suche das Gute im Menschen.
Für eine schlanke Figur teile dein Essen mit den Hungrigen.
Für schönes Haar lass einmal am Tag ein Kind mit den Fingern durch dein Haar streichen.
Für ein sicheres Auftreten gehe mit dem Wissen, dass du niemals alleine unterwegs bist.[12]

Schönheit, die nicht davon abhängig ist, was wir anziehen oder wie viel wir wiegen, klingt verlockend, oder? Na, fällt dir allmählich auf, welche Freiheit wir erreichen können, wenn wir anfangen, der göttlichen Schönheit genauso ehrgeizig nachzueifern, wie wir es mit den Schönheitsmaßstäben dieser Welt getan haben? Kannst du die Schönheit erkennen, die du in dieser Freiheit finden kannst?

Ich hoffe, das ist bei dir angekommen, denn es gibt kein Model auf der ganzen Welt, das mit der Liebenswürdigkeit einer jungen Frau mithalten kann, die den wahren Kern ihrer Schönheit erkannt und beschlossen hat, sich auf die Dinge zu konzentrieren, die wirklich bewunderungswürdig sind und die Auszeichnung und Lob verdienen.

Meine Gedanken

1. Bei welchen Modetrends hast du schon mitgemacht bzw. welche von ihnen haben dich früher beeinflusst und kommen dir jetzt unsinnig vor?

2. Wenn sich das, was wir schön finden, in unserer Kultur ständig ändert, wie können wir dann eine bleibende Schönheit entwickeln?

3. Wie gelangst du zu innerer Schönheit? Was musst du unternehmen, um die entsprechenden inneren Eigenschaften weiterzuentwickeln?

Kapitel 3:

Schritte auf zerbrochenem Glas: Warum deine Gedanken dein Leben beeinflussen

Lass uns gedanklich einen Spaziergang machen. Wir sind unterwegs zu einer ruhigen Wohngegend mit hübschen Häusern. Der Rasen in den Vorgärten ist gemäht und die Bürgersteige sind sauber gefegt. Wir atmen tief die frische Luft ein und genießen es, den fröhlichen Stimmen der Kinder zuzuhören, die dort spielen. Wir unterhalten uns über die gemütlichen Häuser, die an beiden Seiten der Straße stehen und stellen uns beide vor, was für ein tolles Leben die Menschen hinter diesen Mauern führen.

Ich wette, dir liegt in diesem Moment nichts ferner als daran zu denken, nach großen Steinen zu suchen und damit zu werfen. An diesem Ort kämen wir nicht in Versuchung, die Fenster der umliegenden Häuser mit Steinen zu bewerfen, besonders nicht die mit den freundlich gestrichenen Fensterläden und den bunten Blumenkästen.

Aber was wäre, wenn wir einen anderen Weg einschlagen würden? Wenn wir durch eine Gegend gingen, die weit weniger gepflegt und einladend wirkt? Diese Wohngegend sieht ziemlich verwahrlost aus. Die Häuser müssten dringend neu gestrichen werden. Viele Fensterscheiben sind zerbrochen. Die Bürgersteige weisen Risse und andere Schäden auf. Graffiti so weit das Auge reicht. Weil nirgends der Rasen gemäht wurde, wächst überall Unkraut, von dem das bisschen Gras, das noch übrig geblieben ist, überwuchert wird.

Würden wir hier Steine werfen? Da die meisten Fenster sowieso schon zerbrochen sind, wäre es doch easy, einen Stein durch eines der wenigen Fenster zu schleudern, die noch ganz geblieben sind. Würden wir nicht in Versuchung geraten, unseren Müll einfach auf den Boden fallen zu lassen, weil das bei den Bergen von Abfall, der bereits auf den Bürgersteigen verstreut liegt, sowieso nicht auffallen würde? Wenn wir das Graffiti-Sprühen schon immer mal ausprobieren wollten, wäre das Viertel nicht der ideale Ort, um damit anzufangen? Wem würde das schon auffallen? Wen würde das kümmern?

Kriminologen haben etwas entwickelt, was sie die „Broken-Windows-Theorie“ nennen. Mit dieser Theorie behaupten sie, dass ein zerbrochenes Fenster oder ein zugemüllter Gehweg sich nicht nachteilig auf eine Wohngegend auswirken, wenn der Schaden bald behoben wird. Aber wenn man sich nicht darum kümmert und alles so belässt, würde dadurch ein Signal ausgesendet, dass sich keiner um diese Wohngegend kümmert und dass man demzufolge an diesem Ort ungestört Dinge kaputt machen, Müll hinterlassen und seiner Zerstörungswut freien Lauf lassen kann. Polizei und Soziologen sind sich darin einig, dass ein zerbrochenes Fenster an einem Gebäude, das nicht repariert wird, bald nicht mehr das einzige kaputte Fenster an diesem Gebäude sein wird.[1] Graffiti erwecken den Eindruck, dass die betreffende Gegend unbeobachtet ist, und dass man hier nach Lust und Laune Schaden anrichten kann, ohne dafür belangt zu werden. Durch Müllreste auf Gehwegen werden Passanten dazu ermutigt, ihre Abfälle ebenfalls einfach fallen und liegen zu lassen und sich keine Gedanken darüber zu machen, wo denn hier der nächste Abfalleimer stehen könnte.

Aber was hat das mit unserer Schönheit zu tun? Wenn wir die Broken-Windows-Theorie auf unser Leben übertragen und darauf, wie wir über unsere eigene Identität und unseren Wert denken, bedeutet das, dass es eine große Rolle spielt, wie wir uns selbst wahrnehmen. Viele von uns befinden sich – im übertragenen Sinne – in einer „verwahrlosten Wohngegend“. Wenn wir uns wertlos fühlen, nur unsere Makel sehen und deswegen mit hängendem Kopf durch die Gegend laufen, ermutigt unser Verhalten andere viel eher dazu, unsere bereits verletzte Seele nun erst recht „mit Steinen zu bewerfen“.

Anna kennt das Problem nur allzu gut. Sie konnte nicht glauben, was Gott in der Bibel über ihren Wert sagt. Viel eher glaubte sie all den Schönheitslügen, die die Welt um sie herum ihr zu vermitteln versuchte. Ihre Minderwertigkeitsgefühle nahmen zu und unbewusst machte sie es anderen durch ihr unsicheres Auftreten leicht, sie noch mehr zu verletzen. Hier ist ihre Geschichte:

„Solange ich zurückdenken kann, habe ich mit einem niedrigen Selbstwertgefühl zu kämpfen. Ich war schon immer unsicher, und leider hat man das auch gemerkt. Ich wollte nie im Mittelpunkt stehen. Am liebsten blieb ich unsichtbar.

Zwischen dem achten und dem neunten Schuljahr begann ich mich allmählich für Jungs zu interessieren. Deshalb hielt ich es für angebracht, erst einmal ein paar Kilo abzunehmen. Am Ende des achten Schuljahrs waren bereits Anzeichen einer Depression zu erkennen. Mir war schon klar, dass irgendetwas nicht in Ordnung war, aber eine Zeit lang konnte ich den Ärger und den Ekel, den ich mir gegenüber empfand, noch verstecken.

Dann hatte ich meinen ersten Freund. Ich hätte noch warten sollen, bis ein Junge auftaucht, der es wert gewesen wäre, mit ihm abzuhängen. Aber ich fühlte mich immer noch wertlos und hässlich. Ich wollte so gerne, dass jemand sich so um mich kümmert, dass ich mich wenigstens ein bisschen mögen würde, wenn ich mich schon nicht lieben konnte."

Annas Freund betrog sie mit einem anderen Mädchen und bewarf, bildlich gesehen, ihr ohnehin schon angeknackstes Selbstbild mit Steinen. Sie suchte weiter nach Bestätigung von anderen und hatte bald einen neuen Freund, mit dem sie ausging. Doch dieses Mal waren die Folgen verheerender. Sie wurde von ihm seelisch missbraucht und schließlich dachte sie immer öfter über Selbstmord nach. Als sie fast völlig am Ende war, hörte sie, wie Gott ihr zuflüsterte, wie sehr er sie liebte, und dass er einen Plan für ihr Leben hatte. Sie suchte sich Hilfe. Ihre Wunden begannen zu heilen, doch bald schon wiederholte sich der Kreislauf.

„Auch er hat mich missbraucht – sowohl seelisch als auch körperlich", berichtet Anna über ihren nächsten Freund. „Als ich ihm zu langweilig war, brach er die Beziehung einfach ab. Er suchte sich ein anderes Mädchen, das er bereits im Visier hatte, um es mit ihr zu versuchen. Aus irgendeinem Grund funktionierte das aber nicht und er kam wieder zu mir zurück.

Auch wenn ich meine Depressionen und Selbstmordgedanken schon fast überwunden hatte, konnte ich meinen eigenen Wert nicht erkennen und das bemerkten auch die anderen."

Anna konnte einfach nicht sehen, dass sie wertvoll war. Dies führte schließlich zu einer weiteren destruktiven Beziehung, die in einer Vergewaltigung endete. Anna hat nichts getan, was diese Behandlung rechtfertigen würde. Der Grund, warum sie immer wieder in solch miese Beziehungen geriet, lag darin, dass sie den Wert nicht erkennen konnte, den Gott ihr zugesprochen hatte. Ohne dass es ihr bewusst war, sendete sie anderen einladende Signale aus, die ihnen vermittelten, dass ihr Leben ein Abstellgleis für alles Destruktive war, und dass ihr Inneres bereits so viel Schaden genommen hatte, dass es sowieso keiner merken würde, wenn noch mehr Verletzungen hinzukämen. Glücklicherweise ist Anna heute dabei, Heilung für ihre verletzte Seele zu finden und wieder auf die Beine zu kommen – auch wenn dies viel Zeit braucht.

Die Geschichte von Anna erinnert mich sehr an meine eigene. In all den Jahren, in denen ich immer wieder meinen Selbstwert infrage gestellt habe, war ich sehr anfällig für destruktive Beziehungen. Besonders wenn es um Verabredungen ging, war ich einfach nicht in der Lage, mir den Richtigen auszusuchen. Ich fühlte mich von Jungen angezogen, die mich in dieser Phase meines Lebens abwertend behandelten, anstatt mir Partner auszusuchen, die mir Respekt entgegenbrachten und mich auf Händen trugen. Die Freundinnen, die ich mir auswählte und mit denen ich abhing, waren unselbstständig und brauchten selbst Hilfe. Anstatt gesunde Freundschaften aufzubauen und zu pflegen, freundete ich mich lieber mit

Mädchen an, die wie ich ein selbstzerstörerisches Verhalten an den Tag legten.

Inzwischen habe ich festgestellt, dass Annas und meine Geschichte keine Einzelfälle sind. Wenn wir für unsere Schönheit Bestätigung suchen und dabei Gott außen vor lassen, wenn wir unsere eigene Identität nicht kennen und unsicher sind, dann neigen wir dazu, dieses Gefühl der Leere mit Aufmerksamkeit von anderen zu füllen, die uns noch bestätigen, dass wir ein Nichts sind.

Nicht jedes Mädchen lässt sich auf ungesunde Beziehungen ein, in denen sie ständig niedergemacht wird. Aber viele suchen verzweifelt nach Bestätigung ihrer Schönheit und ihres Werts bei Männern, die ihnen über den Weg laufen. So wie Mary. Hier ist ihre Geschichte:

„Anscheinend kann ich nie mithalten. Normalerweise ist es so, dass ich gerade dann am meisten mit meinem Körper unzufrieden bin, wenn ich auch nicht im Einklang mit Gott lebe. Warum sind Mädchen glücklicher, wenn sie einen Freund haben? Vielleicht, weil sie dann öfters Kommentare wie ‚Du siehst heute aber toll aus' zu hören bekommen? Wer weiß. Jedenfalls scheint es, dass ich mir meine Schönheit eher von einem Jungen, mit dem ich befreundet bin, bestätigen lasse, als von dem Einzigen, der meine wahre Schönheit wirklich zum Vorschein bringen kann – nämlich Gott. Es hat mich ganz schön Mühe gekostet, meinen Blick auf Gott zu richten und in meinem Leben zu erkennen, was wahre Schönheit für ihn bedeutet."

Die Versuchung, dass wir den Jungs (und auch anderen Personen) erlauben, unseren Wert zu bestimmen, ist in der Tat nicht ungefährlich. Selbst der perfekteste Junge wird unseren Erwartungen nicht entsprechen können, wenn wir ihn als unsere einzige Sicherheit sehen. Das liegt daran, dass Jungs einfach auch nur Menschen sind, die dazu neigen, ab und zu Mist zu bauen, die garantiert immer mal wieder einen schlechten

Tag haben und ohne Zweifel hin und wieder ein unfreundliches Wort von sich geben.

Jesus dagegen ist derselbe gestern, heute und für immer. Seine Gefühle für uns geraten nie ins Wanken. Sein liebevoller Gesichtsausdruck verändert sich nicht. Er zieht uns unbeirrbar zu sich und sagt uns zu, dass er uns liebt, dass er für uns gestorben ist und dass er im Himmel einen Platz für uns vorbereitet.

Jesus hat tatsächlich einmal Zeit mit einer Frau verbracht, für die Steinewerfen kein Fremdwort war. Kennst du die Geschichte von der Frau, die Ehebruch begangen hatte? Ich will dir zeigen, wie freundlich Jesus sie behandelte, als sie völlig am Ende war.

In Johannes 7,53–8,11 wird uns von einer Frau erzählt, deren Leben völlig ruiniert war. Sie war beim Fremdgehen erwischt worden, und die religiösen Führer ihrer Zeit hatten sich vorgenommen, sie als warnendes Beispiel vorzuführen:

Da trennten sie sich und jeder ging nach Hause. Jesus ging zum Ölberg zurück, doch schon früh am Morgen war er wieder im Tempel. Bald hatte sich eine Menschenmenge um ihn versammelt, und er setzte sich und unterwies sie. Während er sprach, brachten die Gesetzeslehrer und Pharisäer eine Frau herein, die sie beim Ehebruch ertappt hatten. Sie stellten sie in die Mitte.

„Meister", sagten sie zu Jesus, „diese Frau ist auf frischer Tat beim Ehebruch ertappt worden. Nach dem Gesetz Moses muss sie gesteinigt werden. Was sagst du dazu?"

Damit wollten sie ihn zu einer Aussage verleiten, die sie gegen ihn verwenden konnten.

Kannst du dir vorstellen, wie diese Frau sich gefühlt hat? Sie war auf frischer Tat beim Fremdgehen ertappt worden und wurde dann zu einer großen Menschenmenge geschleppt. Die Männer, die sie begleiteten, posaunten ihr Vergehen einfach vor allen Anwesenden aus. Nirgends konnte sie sich verstecken. Es gab kein Entkommen.

Zudem hatte man ihr die Identität geraubt. Niemand kümmerte sich darum, wie sie hieß. Anstatt eines Namens trug sie von nun an nur noch den Stempel „Ehebrecherin“. Das war alles, was die Menschen in ihr sahen, die um sie herumstanden. Die engstirnigen Ansichten der anderen stellten all ihre Schönheit, die sie zu bieten hatte, in den Schatten.

Auf welche Art und Weise wirst du „abgestempelt“? Befürchtest du, dass die Leute dich vielleicht „hässlich“ finden, wenn sie dich ansehen? Oder „fett“ oder „nicht gut genug“? Trägst du den Stempel, dass du „ein Schandfleck“ oder „einsam“ oder „traurig“ bist? Hast du das Gefühl, dass deine Identität auf das reduziert wird, was man nach außen hin sieht? Dass die anderen nur dein Gesicht und deine Figur sehen und nicht das, was sich in deinem Inneren verbirgt?

Der Frau aus der Geschichte ging es ganz bestimmt genauso. Uns ist nicht viel über sie bekannt, aber wir wissen, dass sie sich Beziehungen zu Männern ausgesucht hatte, die sie an den Rand des Untergangs brachten. Sie hatte Trost in den Armen eines Mannes gesucht, mit dem sie nicht verheiratet war, und diese Beziehung hatte ihr Leben ruiniert.

Wenn wir jetzt sehen, wie Jesus darauf reagierte, bekommen wir einen kleinen Eindruck von seinem Wesen:

Doch Jesus bückte sich und schrieb mit dem Finger in den Staub. Aber sie ließen nicht locker und verlangten eine Antwort. Schließlich richtete er sich auf und sagte: „Wer von euch ohne Sünde ist, der soll den ersten Stein auf sie werfen!“ Damit bückte er sich wieder und schrieb weiter in den Staub.

Als die Ankläger das hörten, machten sie sich einer nach dem anderen davon, die Ältesten zuerst. Schließlich war Jesus allein mit der Frau, die noch immer an der gleichen Stelle in der Mitte stand. Da richtete Jesus sich wieder auf und sagte zu ihr: „Wo sind sie? Hat dich keiner von ihnen verurteilt?" – „Niemand, Herr", antwortete sie. „Dann verurteile ich dich auch nicht", erklärte Jesus. „Geh und sündige nicht mehr."

Jesus sah mehr in der Frau als nur eine Ehebrecherin. Nicht dass er über ihre Sünde einfach hinwegsah – doch sein Blick ging über den Tellerrand hinaus, und er wusste, dass der Fehler, den sie begangen hatte, nicht ihre gesamte Person ausmachte. Er beschützte sie vor den Steinen, mit denen die anderen sie bewerfen wollten und – was das Wichtigste ist – er behandelte sie liebevoll. Dasselbe tut er auch mit uns. Mit dir.

Jesus kann eine schützende Mauer um uns herum aufbauen, die uns vor denen bewahrt, die uns angreifen wollen. Er kann unser Leben wieder in Ordnung bringen und heilen, was zerbrochen ist. Er verhält sich liebevoll uns gegenüber, nicht weil er unsere Fehler nicht bemerkt, sondern weil er uns trotzdem liebt. Wenn er uns einen „Stempel" geben müsste, würde er nicht Worte wie „hässlich" oder „fett" verwenden, sondern „mein Geschöpf", „mein Kind" und „meine Braut". Bei keinem Mann der Welt kannst du mehr Bestätigung bekommen als bei Gott. Er ist der Fels, auf dem wir unser Leben und das Gefühl von Identität aufbauen können.

Ich habe keine Ahnung, was Jesus an jenem Tag in den Sand schrieb. Aber ich stelle mir gern vor, dass er das aufschrieb, was die Frau in ihrem Kern ausmachte – das, was die anderen nicht erkennen konnten. Er liebte sie und nahm ihre Schönheit wahr. Genauso schaut er auch uns an. Wir sind wertvoll in seinen Augen. Wir sind schön. Wir haben viel zu bieten, und wir sind geliebt. Diese Wahrheiten können uns trösten.

Ich bin froh, dass ich heute sagen kann, dass Jesus mir zu liebevollen und gesunden Beziehungen verholfen hat, indem er mir beibrachte, was es mit meiner Schönheit auf sich hat. Der Mann, den ich geheiratet habe, liebt Jesus, und er weiß, dass ich eine Tochter des Königs aller Könige bin. Er behandelt mich mit der Freundlichkeit und dem Respekt, den ich verdient habe, und er schätzt die verschiedenen Aspekte, die mich als Person ausmachen. Außerdem kann er auch meine innere Schönheit erkennen. Nicht die Art von Schönheit, die in unserer Gesellschaft angesagt ist, sondern die wahre, zeitlose Schönheit, die der Heilige Geist in mir hervorbringt. Mein Mann bewirft mein Inneres nicht mit Steinen, das heißt, er macht mich nicht runter, sondern er gibt sich wirklich Mühe, mich zu beschützen.

Im Matthäusevangelium vergleicht Jesus uns nicht nur mit einer Wohngegend, sondern gleich mit einer ganzen Stadt. Die Stadt, die er dort beschreibt, ist nicht heruntergekommen und von Kriminalität gekennzeichnet. Nein, sie ist wunderschön, gut bewacht, und sie hebt sich von anderen Städten ab.

Ihr seid das Licht der Welt – wie eine Stadt auf einem Berg, die in der Nacht hell erstrahlt, damit alle es sehen können. Versteckt euer Licht nicht unter einem umgestülpten Gefäß! Stellt es lieber auf einen Lampenständer und lasst es für alle leuchten.

Matthäus 5,14–16

Du bist wie eine wunderschöne Stadt. Du bist hell erleuchtet, wirst gut und sorgsam behandelt und bist dazu bestimmt, ein Zeugnis zu sein zur Ehre Gottes. Selbst der Teil in dir, den andere zerstört haben, kann von Jesus wiederhergestellt werden. Du bist sein architektonisches Meisterwerk. Sein Plan ist, dass andere dich ansehen und ihn dann loben. Du bist nicht wie ein zugemüllter Gehweg, eine verlassene Wohngegend oder ein zerbrochenes Fenster. Deine Seele ist nicht ein Ort, der ungestört „mit Steinen beworfen“ werden kann. Du wirst als Stadt hoch oben auf einem Berg beschrieben. Eine Stadt, deren Häuser man kilometerweit sehen kann. Genauso soll auch das, was Jesus in uns tut, weitreichende Auswirkungen haben.

Ein anderes Merkmal dieser Stadt ist, dass sie aus Sicherheitsgründen auf einer Anhöhe gebaut wurde. In biblischen Zeiten mussten die Städte gut beschützt werden. Es gab kriegsführende Armeen, die die wirtschaftlich erfolgreichen Städte ausplündern wollten. Deshalb waren ihre Erbauer sorgfältig darauf bedacht, dass die Grenzmauern und Befestigungsanlagen sicher waren. Eine Stadt auf einem Berg war leichter zu beschützen. Anrückende Feinde konnten schon in weiter Entfernung gesichtet werden, und sie brauchten lange, bis sie die Stadttore erreichten, weil sie vorher noch Berge überwinden mussten.

Auch wir müssen unsere „innere Stadt" gut schützen. Es gibt Leute, die versuchen wollen, deiner Seele und deinem Leben Schaden zuzufügen und dich auszurauben. Unternimm etwas, um dich vor den Steinen zu schützen, die andere vielleicht in deine Richtung werfen wollen. Ich zeige dir, wie das geht.

Checke die Lage

Versuche zunächst, den Zustand deines Herzens ehrlich zu beurteilen. Ist bei dir etwas zerbrochen? Gibt es schadhafte Stellen in deiner Seele, die repariert werden müssen? Bist du nicht mehr in der Lage, gute Beziehungen aufzubauen? Hat dein niedriges Selbstwertgefühl dich in Freundschaften geführt, die dir bestätigen, dass du nicht viel zu bieten hast? Warst du schon öfter mit Leuten befreundet, die dich schlecht behandelt oder ausgenutzt haben?

In der Zeit, als ich auf destruktive Weise auf Partnersuche ging, war mir einfach nicht bewusst, nach welchem Schema ich dabei vorging. Ich wusste, dass ich immer wieder verletzt werden würde, aber ich nahm einfach an, dass das normal sei. Allmählich fing ich an zu glauben, dass eben alle Männer sich so verhalten, dass „frau" sich dadurch verletzt fühlt. Ich dachte, dass es einfach dazugehört, dass Freundschaften belastend sind, und ich betrachtete es als Selbstverständlichkeit, dass ich mich selbst und meine Bedürfnisse dafür aufopfern musste. Aber ich hatte mich geirrt.

Wenn diese Verhaltensmuster auch in deinem Leben auftauchen, musst du wissen, dass Beziehungen, in denen du schlecht behandelt, vernachlässigt oder immer wieder ausgenutzt wirst, *nicht gesund sind*. Es liegt in der Natur der Sache, dass in einer Beziehung auch Opfer gebracht werden müssen, und dass es ein gegenseitiges Geben und Nehmen ist, aber wenn du ständig in schmerzhafte Beziehungen hineingerätst, sind das Anzeichen für ein tieferes Problem.

Um deinen „Straßenzustand" zu kennen, musst du dir selbst ein paar schwierige Fragen stellen. Überlege zunächst, ob die Beziehungen, die dir am meisten bedeuten, dir mehr Schmerz oder mehr Freude bringen. Haben deine Eltern oder andere Autoritätspersonen oft Zweifel an der Auswahl deiner Freundschaften mit Jungs? Fühlst du dich in deinen Beziehungen oft ausgelaugt und frustriert? Sei ehrlich, wenn du dir diese Fragen beantwortest – auch wenn es schmerzt. Du kannst mit der Säuberungsaktion in deiner „Wohngegend" nicht beginnen, bevor du nicht erkannt hast, in welchem Zustand du dich wirklich befindest. Wenn deine Seele zu einem Ort geworden ist, der andere zum „Steinewerfen" einlädt, dann gibt es dort etwas zu tun. Der erste Schritt zur Heilung besteht darin, dass du erkennst, dass Zerstörung und Vernachlässigung bei dir schon Alltag geworden sind.

Richte dir einen Schutzwall auf

Wenn dir klar geworden ist, dass deine Beziehungen und Freundschaften auf dich eine destruktive Wirkung haben, dann musst du um deine Seele einen „Schutzwall" aufrichten.

So wie die von Jesus beschriebene Stadt zum Schutz auf einem Berg gebaut wurde, musst du dir in deinen Beziehungen wahrscheinlich auch Grenzen und Wertmaßstäbe einrichten, die für jeden deutlich erkennbar sind. Es kann sein, dass Jesus dich auffordert, einige deiner Beziehungen aufzugeben oder eine Freundschaftspause einzulegen. Möglicherweise solltest du dich vorerst einmal überhaupt nicht mehr mit Jungs verabreden, bis Jesus ein paar Bereiche deines Herzens wiederhergestellt hat.

Ich behaupte nicht, dass es ein leichter Prozess ist, seine Seele zu schützen. Aber es ist so dringend nötig. In Sprüche 4,23 steht: „Vor allem aber behüte dein Herz, denn dein Herz beeinflusst dein ganzes Leben." Wir müssen heftig darum kämpfen, unser Herz zu beschützen, denn es ist das Kernstück unseres Seins. Ein zerbrochenes Herz hat Auswirkungen auf jeden Bereich unseres Lebens, und wenn unser Herz immer wieder gebrochen wird, wird unser ganzes Leben zu Bruch gehen.

Das Herz zu beschützen ist nicht unbedingt dasselbe wie eine Mauer zu errichten. Als Folge meiner vielen Dates war ich so verletzt, dass ich anfing, der Lüge zu glauben, ich dürfte mich anderen gegenüber nicht mehr öffnen, weil es nicht sicher ist. Und so hielt ich mir jeden vom Leib, der mir über den Weg lief. Schon richtig, dadurch konnten mich die Leute nicht mehr so oft verletzen, aber jetzt wurde ich auf andere Weise verletzt, weil ich auch die gesunden Beziehungen von mir fernhielt und mir nicht mehr zugestand, mich daran zu erfreuen.

Dein Herz beschützen bedeutet, vorsichtig zu sein, die Vorteile der Beziehung, in der du dich gerade befindest, richtig einzuschätzen und zu verstehen, warum du diese Beziehung führst. Und wie immer steht uns auch hier ein Ratgeber zur Seite. In Philipper 4,7 verspricht uns Gott, dass „sein Friede unsere Herzen und Gedanken im Glauben an Jesus Christus bewahren" wird. Jesus kann uns beschützen, wenn wir ihn lassen. Er kann uns sagen, wo die Grenzen für unser Herz und unsere Beziehungen sind.

Wenn wir die Broken-Windows-Theorie auf unser Leben anwenden, dann wird deutlich, dass es nicht gerade leicht ist, unsere Schönheit und unseren Wert anzunehmen. Wenn wir unseren Wert nicht erkennen können, hat das enorme negative Auswirkungen. Wenn wir aber glauben können, dass Gottes Aussagen über unsere Schönheit und unseren Wert der Wahrheit entsprechen, dann ist es genauso beeindruckend zu sehen, wie unsere Wunden geheilt und wir frei werden können. Du bist ein helles Licht, eine Stadt auf dem Berg. Du bist ein Werk Gottes. Du bist wunderschön. Dein Herz ist es wert, beschützt zu werden. Du bist ein lebendiges Zeugnis der Größe Gottes. Ich bete, dass du die Schönheit erkennen kannst, die in dir steckt und du dir die Mühe machst, andere davon abzuhalten, dass sie Steine in deine Richtung werfen.

Meine Gedanken

1. Wer hat dich beleidigt oder sich negativ über dein Aussehen geäußert? Wie hat das deine Selbstwahrnehmung verändert?

2. Was glaubst du, wie sich die Frau, die die Pharisäer zu Jesus gebracht haben, gefühlt hat? Wo liegt der Unterschied zwischen dem Wert, den die Pharisäer in ihr sahen und der Art und Weise, wie Jesus ihren Wert beurteilte?

3. Gibt es in deinem Leben Beziehungen, in denen du neue Grenzen setzen musst, damit dein Herz nach allen Seiten geschützt ist?

Kapitel 4:

Fundamente legen: Drei Fakten über deinen Körper

In der Schule hast du wahrscheinlich eine ganze Menge über den menschlichen Körper gelernt. Ich kann mich noch daran erinnern, dass wir in der Grundschule Skelettsysteme aus Plastikmilchflaschen gebaut haben. Wir lernten Wissenswertes rund um den menschlichen Schädel, die Oberschenkelknochen und die Kniescheiben. Die Tatsache, dass sich 206 Knochen unter unserer Haut befinden, ist schon erstaunlich. (Zugegeben, diese Zahl musste ich erst noch einmal nachschlagen. Tut mir leid, Frau Fitch, an den Lernstoff aus der zweiten Klasse kann ich mich nicht mehr so genau erinnern!)

In der Mittelstufe lernten wir dann, dass die Zelle der kleinste Teil des menschlichen Körpers ist. Aus einem alten Hamsterrad und etwas Wackelpudding baute ich das Modell einer Zelle nach (frag mich nicht, wie). An dem Tag, als ich mein Referat halten musste, schmolz der Wackelpudding und floss über den ganzen Tisch. Ich weiß aber noch, wie ich meinen Zellkern präsentierte, den ich mit einem Flummi dargestellt hatte, und der Klasse meine aus rohen Spaghetti nachgebildeten Protonen und Neutronen erklärte. Manche Wissenschaftler schätzen, dass unser Körper aus nicht weniger als zehn Billionen Zellen besteht. Das finde ich total irre.

Dein Körper ist wirklich unglaublich genial konstruiert. Ohne dass du dich anstrengen musst, vollbringt er jeden Tag erstaunliche Leistungen. Wann hast du das letzte Mal an deinen Körper appelliert: „He, Herz, vergiss heute nicht das Pumpen“? Oder: „He, ihr Lungen, passt auf, dass ihr euch immer mit genügend Luft füllt, sonst verliere ich das Bewusstsein!“

Dein Körper ist ein von Gott geschaffenes, außergewöhnliches Meisterwerk. Aber Christen neigen manchmal dazu, ihren Körper nicht so wichtig zu nehmen. Ihnen wird beigebracht, dass sie ihm nicht so viel Beachtung schenken sollen. Vielleicht hast du auch schon zu hören bekommen, dass wir uns nicht so sehr mit unserem Äußeren beschäftigen dürfen. Obwohl ich absolut davon überzeugt bin, dass der wahre Kern der Schönheit im Inneren liegt (nicht in unseren Zellen und Knochen, sondern in der Tiefe des Herzens), glaube ich auch, dass der Körper – unser Äußeres – eine wichtige Rolle spielt. Du solltest ihn annehmen, pflegen und ihn vor allem als wunderschönes Zeugnis der Liebe Gottes sehen, die er für dich empfindet. In ihrem Buch „Mom, I Feel Fat!“ (deutsch: „Mama, ich fühl mich so fett!“) geht die Autorin Sharon Hersh auf drei Fakten über unseren Körper ein.[1] Es lohnt sich, sie einmal näher zu beleuchten. Ich hoffe und bete, dass dir das eine Hilfe sein wird, deinen Körper aus einer neuen Perspektive zu betrachten.

Erster Fakt: Dein Körper ist wichtig.

Ich kann mich noch daran erinnern, als wäre es gestern gewesen. Mein Kopf tat weh. Ich blutete und meine Mutter war völlig aufgebracht. Ich war acht und hatte gerade einen Sturz mit dem Fahrrad hingelegt. Mein Kopf muss auf dem Asphalt aufgeschlagen sein, und obwohl es nicht wirklich wehtat, blutete es stark. Mein Vater versuchte mich zu säubern, und meine Mutter verhielt sich, als hätte ich gerade den tragischsten Unfall aller Zeiten gehabt (typisch Mutter eben). An meiner Stirn ist eine Narbe zurückgeblieben, die mich immer an meinen Sturz erinnert.

Der menschliche Körper ist schon erstaunlich. Wenn du mich als Achtjährige gekannt hättest, wüsstest du, dass es ein Wunder war, dass ich mir nicht jeden Tag den Kopf aufschlug. Ich war wild, neugierig und tollpatschig. Doch mein Körper kam damit klar – ob ich nun kletterte, rannte oder Kickball spielte. Wenn ich hinfiel, stand ich einfach wieder auf. Wenn ich mich schnitt, verheilte die Wunde schnell wieder. Das liegt nicht daran, dass ich eine besonders unverwüstliche Natur habe, sondern dass Gott jeden einzelnen Körper mit erstaunlicher Präzision konstruiert und mit unglaublichen Fähigkeiten ausgestattet hat.

Wir können uns nicht vorstellen, ohne unseren Körper zu existieren. Er ist das Gefäß, das alles beherbergt, was uns ausmacht. Es liegt auf der Hand, dass der menschliche Körper zu den kompliziertesten und großartigsten Werken der Schöpfung Gottes gehört. Er ist zutiefst bewundernswert. Egal, ob du mit deinen Oberschenkeln glücklich oder mit deiner Gesichtshaut zufrieden bist oder nicht, Gott hat deinen Körper absichtlich genau so und für einen bestimmten Zweck geschaffen.

Dein Körper ist dafür verantwortlich, dass du funktionierst. Er macht es möglich, dass du gehen, sprechen, singen, tanzen, interagieren, ausruhen, denken, fühlen und Erfahrungen sammeln kannst.

Kennst du die Geschichte aus der Bibel, die von einer Frau handelt, deren Körper nicht normal funktionierte? Sie wandte sich verzweifelt an Jesus, weil sie sich von ihm Hilfe erhoffte ...

Jesus ging mit ihm, gefolgt von einer dichten Menschenmenge. In der Menge war auch eine Frau, die seit zwölf Jahren an Blutungen litt. Sie hatte in dieser Zeit bei vielen Ärzten Schlimmes durchgemacht. Ihr ganzes Vermögen hatte sie eingebüßt, um sie zu bezahlen, ohne dass es ihr besser ging. Es war sogar schlimmer geworden. Diese Frau hatte von Jesus gehört. Sie kämpfte sich durch die Menge in seine Nähe und berührte den Saum seines Gewandes. Denn sie sagte sich: „Wenn ich nur seine Kleider berühre, werde ich gesund." Und im selben Augenblick hörte die Blutung auf, und sie spürte, dass sie geheilt war!

Markus 5,24–29

Stell dir einmal vor, wie das Leben dieser Frau aussah. Sie litt schon seit zwölf Jahren unter Blutungen. Sie hatte ihr ganzes Vermögen ausgegeben, um Heilung oder Besserung zu erlangen, aber es half alles nichts. Im Gegenteil: Es wurde sogar noch schlimmer. Die Bibel berichtet, dass sie „Schlimmes durchmachte“. Möglicherweise lebte sie sogar ein ziemlich einsames Leben, denn wahrscheinlich gab es nicht viele, die sich mit einer Frau in ihrem Zustand abgeben wollten. Die gute Nachricht ist, dass Jesus, der große Arzt, sie heilte.

Was glaubst du, hat sie als Nächstes getan? An ihrer Stelle wäre ich den ganzen Weg nach Hause getanzt!

Vielleicht hast du eine körperliche Behinderung, und manche Aufgaben stellen eine große Herausforderung für dich dar. Oder du leidest unter immer wiederkehrenden Beschwerden, einer chronischen Krankheit oder körperlichen Einschränkungen. Vielleicht aber auch nicht. In jedem Fall macht dein Körper einen wichtigen, ja wesentlichen Teil deines Wesens aus.

Gottes Schöpfung versetzt mich immer wieder in Erstaunen. Hast du schon einmal darüber nachgedacht, warum er uns so geschaffen hat, wie wir sind? Unser Körper ist einfach phänomenal und mit so vielen Details ausgestattet, die gar nicht unbedingt nötig gewesen wären! Gott hätte den menschlichen Körper auch so konstruieren können, dass er einfach nur die notwendigsten Aufgaben erfüllt: atmen, bewegen, essen usw. Aber er hatte weit mehr im Sinn. Unser Körper ist so konzipiert, dass wir die Welt um uns herum in vollen Zügen erleben können. Denk einmal darüber nach. Gott hat uns mit fünf Sinnen ausgestattet. Das wäre gar nicht nötig gewesen. Aber er tat es. Weil er uns so geschaffen hat, wie wir sind, können wir den Duft von gebackenem Brot riechen, frische Erdbeeren schmecken, Berge und Meere sehen, die Berührung von anderen spüren und wundervolle Musik hören.

Er hätte uns auch so schaffen können, dass wir niemals eine Pause brauchen. Aber ich bin froh, dass er das nicht getan hat. Stell dir vor, dein Leben würde einfach immer weiterlaufen wie ein nie endender Tag! Ich weiß nicht, wie es dir geht, aber in meinem Leben gab es viele Probleme, die nach einer guten, erholsamen Nachtruhe längst nicht mehr so beängstigend wirkten. Die Wahrheit ist, dass Gott deinen Körper so gestaltet hat, dass du dein Leben genießen kannst. Dein Körper ist ein wundervolles Geschenk.

Das ist aber noch nicht alles. Als Frau ist unser Körper ganz besonders wichtig, weil wir wie Gott die Fähigkeit haben, Leben hervorzubringen. Als meine Zwillingsschwester Nikki schwanger war, habe ich sie einmal zum Frauenarzt begleitet. Sie befand sich noch ganz am Anfang der Schwangerschaft. Der Arzt untersuchte den Herzschlag des Babys. Für mich hörte sich das an wie ein Windkanal. Dieses winzige Herz, das da im Bauch meiner Schwester schlug, war einfach nur erstaunlich! Einige Monate später zeigte Nikki mir ein Ultraschallbild. Darauf konnte man erkennen, wie meine ungeborene Nichte am Daumen lutschte.

Nachdem das Baby geboren war, erzählte meine Schwester mir begeistert, die Geburt sei ein beeindruckendes, fast unbeschreibliches Erlebnis für sie gewesen. „Es war traumhaft", schwärmte sie. „Das war das Erstaunlichste, was ich jemals geleistet habe."

Egal, ob wir schon einmal ein Baby geboren haben oder nicht, die Tatsache, dass unser Körper diese Fähigkeit hat, bestätigt nur, wie wichtig unser physischer Körper ist.

Warum ist es so nötig, dich von der Bedeutsamkeit deines Körpers zu überzeugen? Weil es wichtig ist, dass du weißt, dass du dich um deinen Körper und deine äußerliche Erscheinung kümmern darfst und sollst, denn dein Körper wurde dir von Gott anvertraut. Es gibt eine Menge Dinge, die du tun kannst, um deinen Leib mit Sorgfalt zu behandeln. Dazu gehören zum Beispiel eine gute Hygiene, Fitness und modische Kleidung.

Ich weiß nicht, wie es dir geht, aber als Christin habe ich manchmal das Gefühl, ich dürfe mich nicht zu sehr mit meinem Körper beschäftigen. So kann es zum Beispiel sein, dass ich mich schuldig fühle, wenn ich mich bei einem ausgiebigen

Bad entspanne, oder wenn ich zu viel Zeit damit verbringe, mir neue Klamotten zu kaufen. Dann denke ich, dass ich mich mehr mit geistlichen Dingen beschäftigen sollte. Natürlich ist es richtig, dass die Betonung mehr auf unserem wahren Selbst liegen sollte als auf unserem Körper. Trotzdem ist es in Ordnung, wenn du erkennst, dass dein Körper ebenso von Bedeutung ist, weil Gott ihn geschaffen hat.

Zweiter Fakt: Der Körper ist nicht alles.

Die zweite Wahrheit, die wir begreifen müssen, ist, dass der Körper nicht alles ist. Die Erkenntnis, dass unser Körper von Bedeutung ist, ist eine Sache. Sich zwanghaft mit ihm zu beschäftigen eine andere. An dieser Stelle geraten viele von uns in Schwierigkeiten. Deine Person wird nicht einfach nur über deinen Körper definiert. Gott hat Gaben, Fähigkeiten und Leidenschaften in dich hineingelegt, die deinen Wert besser widerspiegeln als die Tatsache, welche Jeansgröße du trägst oder ob deine Klamotten gerade topmodisch sind.

Am Ende des Kapitels 31 im Buch der Sprüche gibt es eine eindrucksvollste Beschreibung darüber, woran man eine Frau mit edlem Charakter erkennt. Dieser Text enthält jede Menge Anleitungen, wie eine Frau sein sollte, aber er macht auch eine wichtige Wahrheit in Bezug auf unsere körperliche Erscheinung deutlich.

„Anmut betrügt und Schönheit vergeht, aber eine Frau, die Ehrfurcht hat vor dem Herrn, soll gelobt werden", so heißt es in Sprüche 31,30. Schönheit ist nur vorübergehend. Im Handumdrehen ist sie verschwunden. Das ist die Realität. Wir werden alle älter, egal wie viel Schönheitscreme wir benutzen oder wie viele Bauchübungen wir machen. Lass uns unsere Zeit also lieber den Dingen widmen, die von Dauer sind! Dazu später noch ein paar Worte.

Die dritte Wahrheit: Dein Körper ist ein Tempel.

Ich gebe es zu: Ich bin ein Geschichtsfreak. Wenn ich in einem Museum bin, vergesse ich alles um mich herum. Ich interessiere mich für Menschen, die in der Vergangenheit gelebt haben. Deshalb bin ich auch so fasziniert von Piraten, Pilgern und Pionieren. Das ist wahrscheinlich auch der Grund, warum ich so verrückt nach dem Alten Testament bin. Eine meiner Lieblingsstellen im Alten Testament sind die Berichte über die Bundeslade. Die Schreiber der Bibel erzählen ein paar total spannende Geschichten über diese besondere Holztruhe der Israeliten.

Die Bundeslade war nicht besonders groß – nicht so groß wie die Arche Noah. Sie war eine mit Gold verzierte Kiste, die die Gegenwart und Macht Gottes symbolisieren sollte. Die Bundeslade offenbart uns ein paar tiefe Wahrheiten über unseren eigenen Wert.

In 1. Samuel gibt es eine Geschichte über die Israeliten, die nach einem grausamen Kriegstag im Kampf gegen die Philister in ihr Lager zurückkehrten. In diesem Kampf, so wird berichtet, mussten etwa viertausend Israeliten ihr Leben lassen. Die Anführer des Volkes fragten sich, warum Gott zugelassen hatte, dass sie besiegt wurden. Sie beschlossen, die Bundeslade in ihr Lager zu holen, damit die Gegenwart Gottes ihnen den Sieg bringen würde.

Weiter wird berichtet, dass die Israeliten beim Eintreffen der Bundeslade Gott so laut anbeteten, dass die Erde bebte. Sie wussten Bescheid! Ihnen war bewusst, dass die Lade ein Zeichen für die vollkommene Gegenwart des allmächtigen Gottes und die Anwesenheit der Bundeslade gleichbedeutend mit der Anwesenheit ihres mächtigen Gottes war.

Das wussten die Philister auch.

Die Philister hörten die Schreie und fragten einander: „Was soll der Jubel im hebräischen Lager?" Als sie erfuhren, dass die Lade des Herrn eingetroffen war, gerieten sie außer sich vor Angst. „Gott ist in ihr Lager gekommen!", sagten sie. „Was für ein Unglück!"

1. Samuel 4,6–7

Trotz ihrer Angst taten sie sich zusammen, und am nächsten Tag gewannen die Philister den Kampf. Schlimmer noch: Sie erbeuteten die wertvolle Bundeslade von den Israeliten. Aber Gott zeigte seine Macht. Er schickte den Philistern Plagen in den ganzen sieben Monaten, in denen die Lade in ihrer Hand war, bis sie es nicht mehr aushielten. Sie brachten sie zurück zum Volk Israel.

Das ist die kurze Version. In 1. Samuel 4–6 wird die Geschichte noch ausführlicher erzählt.

Diese mächtige Kiste war kein gewöhnlicher Gegenstand. Sie war mit akribischer Präzision hergestellt worden. Sie war wunderschön. In 2. Mose wird der Bau der Bundeslade in allen Einzelheiten beschrieben. Vielleicht kommt es dir etwas schräg vor, aber diese Beschreibung kann dir zeigen, wie wertvoll du bist.

Bezalel fertigte die Bundeslade aus Akazienholz an. Sie war ca. 1,25 Meter lang, 75 Zentimeter breit und 75 Zentimeter hoch. Innen und außen überzog er sie mit reinem Gold und brachte ringsum eine Zierleiste aus reinem Gold an. Er goss vier goldene Ringe und befestigte sie an ihren vier Ecken. Bezalel fertigte Stangen aus Akazienholz an und überzog sie mit Gold. Diese steckte er durch die Ringe auf beiden Seiten der Lade, sodass man die Lade tragen konnte.

Danach fertigte er die Deckplatte aus reinem Gold an; sie war ca. 1,25 Meter lang und 75 Zentimeter breit. Bezalel fertigte zwei Cherubim aus getriebenem Gold auf den beiden Enden der Deckplatte an; den einen Cherub auf der einen Seite und den anderen auf der gegenüberliegenden. Sie wurden mit der Deckplatte zu einem Stück verbunden. Die Gesichter der Cherubim waren einander zugewandt und gleichzeitig auf die Deckplatte gerichtet. Ihre Flügel, die nach oben ausgebreitet waren, schirmten die Deckplatte ab.

2. Mose 37,1–9

Ich hab ja gesagt, dass ich ein Geschichtsfreak bin. Mir ist klar, dass du dich jetzt fragst: „Was in aller Welt hat das denn mit mir zu tun? Und mit meinem Körper?"

Seit Jesus gestorben und auferstanden ist, hat derselbe Gott, der damals die Philister erzittern ließ, eine neue Wohnung gefunden:

„Oder wisst ihr nicht, dass euer Leib ein Tempel des Heiligen Geistes in euch ist, der in euch lebt und euch von Gott geschenkt wurde? Ihr gehört nicht euch selbst, denn Gott hat einen hohen Preis für euch bezahlt. Deshalb ehrt Gott mit eurem Leib!"

1. Korinther 6, 19–20

Wenn du Jesus als deinen Befreier bezeichnest, bist du sein Tempel. Du bist der Ort, wo er wohnt. Er ist derselbe mächtige Gott, der den Philistern Plagen geschickt hat, und er hat sich entschieden, in dir zu wohnen. Du bist mit derselben Präzision gebildet worden wie die Bundeslade. Er kennt genau deine Maße. Er hat dich mit wundervollen Dingen ausgekleidet und seinen Engeln befohlen, über dir Wache zu halten, um seine Gegenwart in deinem Leben zu schützen. (Lies mal Psalm 91,11.) Hey, du bist der Tempel des höchsten Gottes! In dir lebt seine göttliche Gegenwart.

Und das ist noch nicht alles. Schau mal, was im 1. Korintherbrief über dich gesagt wird: „Gott hat einen hohen Preis für dich bezahlt." Einen Tempel zu bauen und zu unterhalten kostet sehr viel Geld. Auf dich übertragen bedeutet das: Es hat Jesus alles gekostet – den Tod am Kreuz – um in dir wohnen zu können. Hätte er diesen Preis bezahlt, wenn du ihm nichts wert gewesen wärst? Würde er den höchsten Preis für jemanden bezahlen, der „zu fett“, „zu hässlich“ oder „zu fehlerhaft“ wäre, um ein Tempel zu sein, in dem er wohnen kann?

Dein Körper ist ein Tempel. Du bist der Ort, an dem Gott wohnt. In Psalm 84,1 steht: „Wie herrlich sind deine Wohnungen, allmächtiger Herr.“

Meine Gedanken

1. Wer du bist, wird nicht nur über deine körperliche Erscheinung definiert. Was macht dich sonst noch aus? Fang an, dir Gedanken zu machen über deine Träume, deine Wünsche und Hoffnungen, deine Talente und über alles andere, was dein Innenleben betrifft.

2. Gibt es irgendwelche Gewohnheiten, die du ändern solltest, damit du dich besser um deinen Körper kümmern kannst?

3. Woran denkst du bei dem Wort „Tempel“? Jetzt weißt du, dass du ein Tempel Gottes bist. Wie verändert das deine Gedanken und Gefühle über dich selbst?

Kapitel 5:

Woher kommen diese Gefühle? Wie können wir ein gutes Selbstwertgefühl entwickeln?

Zu meinen frühesten Kindheitserinnerungen gehört, dass fremde Personen von meiner Schwester Nikki und mir ganz begeistert waren, weil wir Zwillinge sind. In Supermärkten und Einkaufszentren spähten fremde Menschen in unseren Kinderwagen und staunten darüber, wie sehr wir uns ähnelten. Einige betrachteten uns nicht einmal als Individuen, sondern nannten uns nur „die Zwillinge".

Doch irgendwann lernte ich dann, dass ich beides war: eine eigenständige Persönlichkeit mit einzigartigen Rechten, und gleichzeitig von Geburt an ein Zwilling. Das war meine Identität.

In der ersten Klasse rannte ich auf dem Spielplatz gerne den Jungs hinterher. Bald sagte man mir nach, dass ich ein „Jungenfreak" sei. Diesen Stempel wurde ich jahrelang nicht mehr los. Je mehr die Leute behaupteten, dass ich ständig nur flirtete, desto mehr tat ich es auch, und je mehr sie mir nachsagten, dass ich verrückt nach Jungs sei, desto verrückter nach Jungs wurde ich.

Mit acht Jahren beobachtete ich meine Mutter, wie sie eine Diät machte und Sport trieb. Sie sprach ständig über ihre Gewichtsprobleme. Ich ging davon aus, dass alle Frauen eine Diät hielten, selbst Frauen, die so wunderschön aussahen wie meine Mutter.

Manchmal, wenn ich mit meinem Vater im Auto unterwegs war, stieß er beim Anblick einer dünnen Frau einen anerkennenden Pfiff aus. Dasselbe tat er, wenn er eine attraktive und schlanke Frau im Fernsehen sah. Sein Verhalten lehrte mich, dass Dünnsein gleichbedeutend ist mit Schönsein, und dass man eine magere Figur haben muss, wenn man die Aufmerksamkeit eines Mannes auf sich ziehen will.

Als ich zehn war, ließen meine Eltern sich scheiden. Da wurde mir zum ersten Mal klar, dass Menschen andere Menschen verlassen, und dass mir das auch passieren konnte. Ich verstand nicht, was in meiner Familie passiert war, aber ich hatte den heimlichen Verdacht, dass alles anders ausgegangen wäre, wenn ich artiger gewesen wäre. Ich versprach hoch und heilig, von jetzt an lieb und brav zu sein – in der Hoffnung, dass sich alles noch einmal ändern würde. Aber ich stellte fest, dass ich die Ansprüche der anderen nie ganz erfüllen konnte.

In der Mittelstufe war ich oft in einen Zickenkrieg verwickelt. Ich merkte nicht nur, wie gemein Mädchen manchmal sein können, sondern lernte auch, dass ich selbst gemein sein musste, wenn ich mich selbst schützen wollte. Die Schlagfertigkeit und die scharfe Zunge, die ich mir daraufhin aneignete, lernte ich bald als mächtige Waffe kennen.

In der Oberstufe fand ich heraus, dass Leistungen, vor allem im Sport, Anerkennung zur Folge hatten. Daraus folgerte ich, dass mein Wert mit meinen Leistungen steigt.

Mit 19 las ich einen Artikel über Jennifer Aniston, in dem stand, dass sie früher Probleme hatte, einen Job als Schauspielerin zu bekommen. Sie wog damals knapp 62 Kilo – für Hollywood-Maßstäbe viel zu viel! Sie stellte einen Trainer ein, die Pfunde purzelten, und schließlich erlebte sie, wie ein Schauspielangebot nach dem andern ins Haus flatterte. Dazu gehörte auch die Rolle als Rachel in der Serie „Friends". Zu dem Zeitpunkt, als ich den Artikel las, wog ich exakt 62 Kilo. Deshalb redete ich mir ein, dass mein Gewicht der Grund war, warum ich keine Leistungen brachte.

Später in diesem Jahr hörte ich auf zu essen. Ich nahm sehr viel ab, was bald nicht mehr zu übersehen war. Ich bekam sehr viel Aufmerksamkeit und erntete viele Komplimente. Das erinnerte mich wieder daran, dass Dünnsein gleichbedeutend mit Schönsein ist. Daraus lernte ich, dass kein Preis zu hoch war, wenn ich dünn sein wollte. Während mein Körper immer dünner wurde und die Komplimente sich häuften, merkte ich, dass man nie *zu* dünn sein konnte.

Mit 22 nahm ich sehr viel zu. Ich war glücklich verheiratet und genoss es, für meinen Mann zu kochen. Außerdem hatte ich angefangen zu arbeiten und war nun so beschäftigt, dass ich keine Zeit mehr hatte, mir über Sport und gesunde Ernährung Gedanken zu machen. Offensichtlich blieb das meiner Umwelt nicht verborgen, denn ich hörte immer wieder spitzfindige Kommentare über meine Kleidung, die nicht mehr so gut saß wie früher. Ich hatte wahnsinnige Angst, dass jeder meine Gewichtszunahme bemerken würde. Wenn ich meinen Kleiderschrank öffnete, bekam ich Heulkrämpfe, weil die Klamotten, die darin hingen, nicht mehr zu meinem Körperbau passten.

Ich war überzeugt, dass ich weniger wert war, wenn ich mehr wog.

Unser Selbstwertgefühl wird im Laufe der Jahre durch viele Ereignisse geprägt. Bei mir gab es viele entscheidende Momente, in denen meine Familie, meine Freunde oder die Kultur, in der ich lebe, mir Botschaften übermittelten, die ich so interpretierte, dass ich daraus Schlussfolgerungen über meinen Wert zog. Die Kommentare, Andeutungen, Artikel in Zeitungen und Zeitschriften und Werbebotschaften, denen ich jahrelang ausgesetzt war, haben winzige, aber permanente Signale an mein Inneres gesendet, die mein persönliches Selbstbild geprägt haben. In vielen Fällen habe ich diese Signale einfach falsch interpretiert. Wenn mein Vater pfiff, weil er eine schöne Frau im Fernsehen sah, war das keine Wertung meiner eigenen Person und hatte nichts mit *mir* zu tun. Der Artikel über Jennifer Aniston wurde nicht geschrieben, um mir klar zu machen, dass *ich* zu dick bin, aber ich deutete das Signal falsch und entwickelte dadurch ein schwaches Selbstwertgefühl.

Auch deine Identität hat sich über die Jahre durch eine Reihe von Signalen entwickelt.

Wenn du zu den Glücklichen gehörst, die ein gesundes Selbstbewusstsein haben, dann ist das kein Zufall. Und wenn dein Selbstbewusstsein angekratzt ist, hat auch das seine Gründe. Die Signale, die bei uns ankommen, prägen sich tief in uns ein. Woher kommen also dein Selbstwertgefühl oder deine Minderwertigkeitskomplexe? Welche Botschaften hast du verinnerlicht?

Folge den Hinweisschildern

Es gibt gewisse Wegmarkierungen, die sich auf die Entwicklung unseres Selbstwertgefühls auswirken. Jeder von uns ist von verschiedenen Aspekten beeinflusst worden. Dazu gehören unsere Eltern, unsere Kultur und unsere Erfahrungen. Von frühester Kindheit an wird unser Identitätsgefühl vom Zusammenspiel dieser Aspekte – oder von der Art, wie wir sie wahrnehmen – geprägt. Wenn wir die „Landkarte", die sich in unser Inneres eingebrannt hat, einmal näher unter die Lupe nehmen, dann bekommen wir ein Verständnis dafür, wie das Bild, das wir über uns selbst haben, zustande gekommen ist. Es gibt aber einen Punkt, der vielleicht noch wichtiger ist. Wenn wir einmal erkannt haben, dass wir unseren Selbstwert von den Botschaften unsere Umwelt abhängig gemacht haben, dann sehen wir vielleicht deutlicher, wo der Hase im Pfeffer liegt: Wir haben die Zeichen völlig falsch gedeutet und dadurch eine mangelhafte Selbstwahrnehmung entwickelt.

Holen wir also unsere „Landkarte" heraus. Bist du bereit, die Personen und Umstände, die dein Selbstwertgefühl geprägt haben, kritisch zu beleuchten? Bist du bereit, darüber nachzudenken, dass du dich in manchen Bereichen in die falsche Richtung bewegt hast – weil du das, was dir gesagt wurde, falsch verstanden hast? Lass uns auf den folgenden Seiten die größten Wegmarkierungen unter die Lupe nehmen, die dein und mein Selbstwertgefühl geprägt haben. Betrachte es als eine Art Reise in die Vergangenheit ...

Der Einfluss unseres Vaters

Unser Selbstwertgefühl wird auf nicht unbedeutende Weise von unseren Vätern geprägt. Tatsächlich spielt bei der Entwicklung unseres Selbstwertgefühls der Vater oft eine entscheidende Rolle. Es liegt in unserer Natur, dass wir von ihm Bestätigung brauchen. Wenn das zur Genüge der Fall ist, werden wir wahrscheinlich ein gesundes Selbstwertgefühl entwickeln und gesunde Grenzen in unseren Beziehungen zu anderen Männern setzen.

Wenn unser Vater aber distanziert, kalt, anspruchsvoll oder gar abwesend ist, ziehen wir daraus eher die Schlussfolgerung, dass etwas mit uns nicht in Ordnung ist. Verletzungen, die aus der Beziehung zu unserem Vater entstanden sind, haben einen sehr negativen Einfluss auf die Entwicklung unseres Selbstwertgefühls. Oft deuten wir das Verhalten falsch und schließen daraus, dass der Fehler bei uns liegt.

Als kleines Mädchen habe ich meinen Vater vergöttert. Ich wollte ihn heiraten. Ich musste immer eines seiner T-Shirts mit ins Bett nehmen und mich darin einkuscheln, damit ich einschlafen konnte. Er war freundlich und fürsorglich, und ich fühlte mich bei ihm sicher, geborgen und geliebt.

Aber als mein Vater beschloss, unsere Familie zu verlassen, hinterließ das tiefe Wunden in mir. Mit meinen zehn Jahren konnte ich einfach nicht verstehen, warum seine Liebe zu mir nicht so groß war, dass er bleiben konnte. Ich vermutete, dass irgendetwas an mir schrecklich falsch war. Dieses Erlebnis war für mich wie eine große Weggabelung in der Entwicklung meines Wertgefühls. Ich habe viele Jahre damit verbracht, dass ich versuchte gut genug, dünn genug, intelligent genug und hübsch genug zu sein, damit es auf keinen Fall noch einmal passierte, dass mich jemand verließ.

Ich verstrickte mich so sehr in meinen Bemühungen, nichts falsch zu machen, dass ich die Freiheit verlor, einfach nur ich selbst zu sein.

Wie steht es mit dir? Hast du von deinem Vater die Bestätigung bekommen, dass du schön und liebenswert bist? Wenn ja, sei dankbar dafür, denn das ist die wichtigste Grundlage. Wenn du ein gesundes Selbstwertgefühl hast, ist das wahrscheinlich zum großen Teil der Verdienst deines Vaters.

Vielleicht hat dein Vater dir aber auch das Herz gebrochen. Hat er dich zu viel kritisiert, oder hat er zu viel Wert auf deine schulischen oder sportlichen Leistungen gelegt? Vielleicht hast du dich manchmal gefragt, ob er dich wirklich liebt, oder ob du noch mehr tun könntest, um seine Anerkennung zu bekommen. Oder war dein Vater vielleicht überhaupt nicht da? Hat er dich mit einem Gefühl des Verlassenseins und der Unsicherheit zurückgelassen?

Oft deuten wir die Fehler unserer Väter falsch und glauben, dass mit *uns* etwas nicht stimmt. Das ist ganz einfach nicht wahr. Mein Vater hat unsere Familie verlassen, weil *er* eine schlechte Entscheidung getroffen hat. Das bedeutete nicht, dass mit *mir* etwas nicht stimmte. Das hieß auch nicht, dass ich nun den Rest meines Lebens damit verbringen musste, mich wahnsinnig anzustrengen, um es allen Leuten recht zu machen. Es bedeutete auch nicht, dass ich es nicht wert war, dass man mit mir Zeit verbringt. Die Entscheidungen, die dein Vater getroffen hat, hatten wahrscheinlich auch nichts mit dir zu tun.

Stell dir vor, du kommst auf einer Straße an eine Weggabelung. Die eine Straße ist mit Lügen gepflastert, die von den negativen Erfahrungen mit unserem irdischen Vater herrühren. Wenn wir diesen Weg gehen, dann schenken wir diesen Unwahrheiten Glauben – den Lügen also, dass wir es nicht wert oder wir an allem schuld sind. Aber wenn wir uns für den anderen Weg entscheiden, dann gehen wir eine Straße, die gepflastert ist mit den bestätigenden Worten unseres himmlischen Vaters, die er uns so gerne und liebevoll zuspricht.

Unser irdischer Vater wird nie perfekt sein. Er wird immer mal wieder Mist bauen. Er wird unfreundliche Dinge sagen und Fehler machen. Aber wir haben einen Vater im Himmel, der uns nie im Stich lassen wird. Wenn wir es zulassen, dass er unser Selbstwertgefühl prägt, dann wird er uns den Weg ebnen. Denke einmal sorgfältig darüber nach, woran unser Vater im Himmel uns in der Bibel erinnert:

* Wir sind Gottes Kinder (Römer 8,16).

* Wir sind für ihn wertvoll (Matthäus 6,26).

* Er will uns Gutes tun (Matthäus 7,11), sogar in einem noch größeren Maße als unser irdischer Vater das zu tun vermag.

In Jakobus 1,17 steht, dass Gott sich nicht verändert. Deshalb verändern sich auch nicht seine Gefühle uns gegenüber. Er wird uns nicht verlassen. Er wird uns nicht in der einen Minute bewundern und in der anderen plötzlich nicht mehr beachten. Er ist wie ein leuchtendes Schild auf unserem Weg, damit wir erkennen können, wer wir sind, und er lässt keinen Zweifel daran, dass wir geliebt sind.

Die Bedeutung der Mutter

Unsere Mütter kommen aber auch nicht ungeschoren davon. Die Art, wie wir uns selbst wahrnehmen, hängt genauso stark von ihr ab. Für viele von uns gilt, dass unsere Mutter die Erste ist, von der wir lernen, was Schönheit bedeutet. Wenn unsere Mutter mit sich und ihrer Schönheit im Reinen ist, können auch wir uns eher frei fühlen, unsere Schönheit anzunehmen. Aber wenn wir zusehen müssen, wie sie mit ihrem Aussehen zu kämpfen hat, wird es uns bald genauso gehen.

Meine Mutter ist fantastisch. Heute ist sie endlich mit ihrem Aussehen zufrieden, aber es hat lange gedauert. Während meiner Kindheit probierte sie verschiedene Diäten aus: Weight Watchers, die Kohlsuppendiät und alle möglichen anderen Methoden, die ihr in irgendeiner Weise versprachen, ein paar Pfunde purzeln zu lassen. Ich habe beobachtet, wie sie vor dem Spiegel stand, Grimassen schnitt und an ihren Kleidungsstücken zerrte. Es war nicht zu übersehen, dass sie sich unsicher fühlte. Später ging es mir genauso.

Mütter, die ihren eigenen Wert nicht annehmen können, ziehen oftmals Töchter groß, die Probleme mit ihrer Schönheit haben. Neulich las ich einen Leserbrief in einer Zeitschrift, der dies bestätigt. Eine Frau schrieb: „Eltern ist oft nicht bewusst, welchen Einfluss ihre Vorstellungen von Gewicht und Ernährung auf ihre Kinder haben kann. Fast mein ganzes Leben lang hat meine Mutter in ungesunder Weise eine Diät nach der anderen gemacht. Gleichzeitig konnte mein Vater es nicht lassen, immer wieder mit dem Finger auf übergewichtige Frauen zu zeigen. Von beiden lernte ich, dass die äußere Erscheinung wichtiger ist als die Gesundheit oder das Glück. Ihr lieben Eltern, bitte überlegt euch genau, was ihr sagt und tut. Eure Kinder hören euch zu und beobachten euch."[1]

Sie hat absolut recht! Wir beobachten unsere Eltern genau, auch wenn es uns manchmal nicht so bewusst ist. Und viele von uns haben die Probleme, die ihre Mutter mit ihrer Schönheit hat, auf sich bezogen und fälschlicherweise so interpretiert, dass auch die eigene Schönheit nicht makellos ist. Debra Waterhouse, eine amerikanische Wissenschaftlerin und Ernährungsexpertin, hat herausgefunden, dass sich bei vielen Müttern und Töchtern ein gefährliches Muster entwickelt:

„Die Zahl der Mütter, die eine Diät machen, steigt ständig; ebenso die Zahl der Töchter, die es ihnen gleichtun. Die Zahl der Mütter mit einem schlechten Essverhalten wächst; ebenso steigt der Anteil der Töchter, die Essprobleme haben. Immer mehr Mütter sind übergewichtig; gleichzeitig haben auch ihre

Töchter Probleme mit Übergewicht. Dieser Zusammenhang ist kein Zufall."[2]

Und genauso gilt: Eine Mutter, die ihre eigene Schönheit und ihren Wert annehmen kann, macht es ihrer Tochter leichter, sich selbst so annehmen zu können, wie sie ist. Wenn deine Mutter mit ihrem Aussehen und ihrer Schönheit zufrieden ist, gibt sie dir damit ein kostbares Geschenk mit auf den Weg, weil sie dir durch ihr Vorbild beibringt, es ihr gleichzutun.

Wenn wir also noch einmal unsere „Landkarte" herausholen und uns anschauen, wo unsere Mutter uns hingeführt hat, dann haben wir jetzt die Wahl. Wollen wir so weitermachen wie bisher und dem Beispiel unserer Mutter folgen – mit unserem Aussehen genauso unzufrieden und frustriert sein wie sie? Oder werden wir einen anderen Weg einschlagen? Wir können uns von den Lügen befreien, dass alle Frauen eine Diät machen müssen und dass es normal ist, wenn man mit seinem Körper unzufrieden ist. Stattdessen haben wir die Möglichkeit, eine andere Richtung einzuschlagen. Wir können uns entscheiden, uns selbst zu lieben und anzunehmen.

Die Macht der Beeinflussung

Viele von uns tragen einen Stempel, der uns unfreiwillig aufgedrückt wurde. Die Menschen achten auf das, was wir leisten, und wir verspüren den Drang, zu den Besten zu gehören, damit wir dafür Anerkennung bekommen. Oder unsere Freunde und Familie haben uns beobachtet und Dinge über uns behauptet, die richtig oder falsch sein können. Nun versuchen wir seit Jahren, diese Behauptungen zu beweisen. Wir strengen uns an, die Vorstellungen, die andere von uns haben, zu erfüllen und verbiegen uns dabei oft so sehr, dass wir nicht mehr wir selbst sind.

Welcher Stempel ist dir aufgedrückt worden? Fühlst du dich gezwungen, sportlich aktiv zu sein, weil andere der

Meinung sind, dass du damit Karriere machen kannst? Stellst du deine Intelligenz infrage, weil irgendwann einmal jemand gesagt hat, dass du nicht gerade eine Leuchte bist? Bist du die Hübscheste in eurer Familie und hattest nie die Freiheit, dich auf etwas anderes zu konzentrieren als auf dein Aussehen? Hat das, was andere über dich gesagt haben, dein Identitäts- und Selbstwertgefühl geprägt?

Oft wird unser Selbstempfinden stark von den Meinungen anderer beeinflusst. Das ist nicht immer schlecht. Manchmal kann unsere Umwelt Dinge in uns sehen, die wir selbst nicht erkennen können. So kann es zum Beispiel sein, dass jemand eine Begabung in uns entdeckt und uns dazu ermutigt, sie weiter auszubauen. Oder wir ernten so viel Lob für unsere Stärken, dass wir dadurch ein gesundes Selbstbild entwickeln. Manchmal verbirgt sich aber auch eine Gefahr hinter der Art und Weise, wie wir von anderen beurteilt werden. Es kann sein, dass wir Dinge über uns glauben, die einfach nicht der Wahrheit entsprechen. Möglicherweise bestätigen wir mit unserem Verhalten aber auch bestimmte „Etiketten“, die man uns aufgedrückt hat, auch wenn sie ursprünglich überhaupt nicht stimmten.

Die Harry-Potter-Autorin J. K. Rowling hat über den Einfluss der Etiketten, die ihr und ihrer Schwester als Kind aufgedrückt wurden, geschrieben:

Di hatte – und hat immer noch – sehr dunkle, fast schwarze Haare und die dunkelbraunen Augen meiner Mutter. Sie war viel hübscher als ich (und ist es immer noch). Wahrscheinlich wollten meine Eltern dafür einen Ausgleich schaffen und beschlossen daher, dass ich dann wohl „die Kluge“ sein musste. Wir hassten beide unsere Etiketten. Ich wollte nicht so ein sommersprossiger Strandball sein, und Di, die heute Anwältin ist, ärgerte sich zu Recht, dass niemand bemerkte, dass sie nicht nur ein hübsches Gesicht zu bieten hatte. Zweifelsohne trug dies zu der Tatsache bei, dass wir rund drei Viertel unserer Kindheit damit verbrachten, uns zu fetzen wie zwei Wildkatzen, die man zusammen in einen winzigen Käfig gesperrt hat.[3]

Wenn andere uns sagen wollen, wer und wie wir sind, dann tendieren wir dazu, ihnen zu glauben. Jahrelange unterschwellige (und weniger unterschwellige) Bemerkungen und Äußerungen können darauf hinauslaufen, dass wir ein Bild von uns selbst bekommen, das nicht immer wahr ist. Vielleicht kann man die Entwicklung unseres Selbstbildes mit einer Geschichte vergleichen, die in der Bibel erzählt wird. In Matthäus 7,26–27 erzählt Jesus vom Haus, das auf Sand gebaut ist:

Doch wer auf mich hört und nicht danach handelt, ist ein Dummkopf; er ist wie ein Mann, der ein Haus auf Sand baut. Wenn der Regen und das Hochwasser kommen und die Stürme an diesem Haus rütteln, wird es mit Getöse einstürzen.

Wenn wir unseren Selbstwert auf dem aufbauen, was andere uns sagen, ist das so, als wenn wir auf Sand ein wackliges Fundament für unser Lebenshaus errichten würden. Wenn dann etwas passiert, was dieses Fundament erschüttert, dann fällt unser ganzes Haus in sich zusammen. Spätestens dann sollte uns klar sein, dass wir falsch gelegen haben.

Wir selbst tragen Verantwortung dafür, wie wir uns selbst wahrnehmen. Zwar ist es richtig, dass das Bild, das wir von uns selbst und von unserer Schönheit haben, von anderen beeinflusst wird. Aber letztendlich liegt es in unserer Verantwortung, ob wir eher das glauben, was Gott über unsere Schönheit zu sagen hat, oder ob wir weiterhin lieber auf die Meinungen unserer Mitmenschen hören.

Egal, welche Botschaften andere uns vermittelt haben: Es ist falsch, wenn wir glauben, dass wir minderwertig sind (denn Gott behauptet klipp und klar das Gegenteil!), aber genauso gefährlich ist es, wenn wir die Schönheit vergöttern. Jesus ist derjenige, der uns unseren Wert gibt. Egal, was andere über uns sagen mögen, wir müssen nicht beweisen, dass wir schön und wertvoll sind.

Jesus hat gesehen, was mein Herz geprägt hat. Er wusste, dass ich meinen Wert falsch verstanden und die Botschaften, die mir andere vermittelt haben, falsch gedeutet habe. Weil er mich so liebt und Mitgefühl hat, beschloss er, mir einen anderen Weg zu zeigen, der mir die Wahrheit zeigt. Auf diesem Weg stehen viele Schilder, die mir bestätigen, dass ich geliebt und liebenswert und wertvoll bin und dass ich Gaben und Fähigkeiten besitze, die Gott in mich hineingelegt hat.

Was hat dich geprägt? Wo hast du die Orientierung verloren? Bist du schon auf dem Weg der Selbstannahme? Oder haben dich die Stimmen deiner Mitmenschen schon total verwirrt?

Lass dich ermutigen, dir ehrlich Gedanken über deine Identität und deinen Wert zu machen. Sieh dir die Zeichen an, die an deinem Lebensweg stehen, und überlege, wer deinen Weg beeinflusst hat. Dann gib Gott die Gelegenheit, seine Wahrheit über dich auszusprechen und dir mitzuteilen, welchen Wert du in seinen Augen hast. Wenn du zulässt, dass der Kern deiner Identität darin besteht, wer du *in Christus* bist, dann verspreche ich dir, dass dein Leben viel schöner und befreiender werden wird!

Meine Gedanken

1. Wo hast du Signale falsch verstanden – und sie auf dich und deinen Wert bezogen? Wo hast du dich zu sehr von Meinungen anderer beeinflussen lassen? Bitte Gott, dass er die Bereiche deines Lebens, die dir zu schaffen machen, mit seinem Licht durchflutet.

2. Welche Etiketten hast du von anderen aufgedrückt bekommen? Wie ist es dazu gekommen? Welche Etiketten würdest du gerne tragen?

Kapitel 6:

Gefälschte Botschaften: Hochglanzfotos unter der Lupe

Gerade war ich aus der Badewanne gestiegen. Wenn ich nach einem langen Tag entspannen will, gehört es zu meinen liebsten Tätigkeiten, ganz ohne Eile in meinen Whirlpool abzutauchen (dieser Whirlpool war der Grund, warum wir unser Haus gekauft haben!). Ich liebe es, den duftenden Badeschaum ins Wasser zu gießen, ein paar Kerzen anzuzünden, mir eine Zeitschrift zu schnappen und dann ausgiebig die neueste Mode zu studieren, ohne dabei von meiner Arbeit oder Familie abgelenkt zu werden.

Doch als dieses Mal das Wasser kalt wurde und ich aus der Wanne stieg, starrte ich mit kritischen Blicken meinen Körper im Spiegel an. Es dauerte sehr lange, bis ich angezogen war, denn nichts schien mehr richtig zu sitzen. „Ist mal wieder 'ne Shoppingtour fällig", sagte ich mir. Dann verbrachte ich eine Ewigkeit mit dem Versuch, meine Haare in eine Bilderbuchfrisur zu verwandeln. Nie schaffte ich es, so glamourös wie die Filmstars auszusehen. Ich war frustriert und kam mir total minderwertig und unzeitgemäß vor.

Verwundert fragte ich mich: „Warum fühle ich mich bloß so schlecht? Woher kommt dieser plötzliche Anfall von Unsicherheit?"

Ich warf einen Blick auf den Fußboden und sah die Zeitschrift, die ich eben gelesen hatte. Durch das Wasser aus der Badewanne waren die Seiten ganz wellig geworden, aber die Überschriften zum Thema Schönheit, Mode und Beziehungen konnte man immer noch lesen. War es möglich, dass die Modezeitschriften, die ich gerade während meiner langen Wannensitzung genossen hatte, mich mehr als nur unterhalten hatten? Solche Zeitschriften liest man doch nur just for fun, oder?

Ein kurzes Zappen durch die Fernsehkanäle hat bei mir den gleichen Effekt. Mir fällt auf, dass ich nicht wirklich so aussehe, wie die Girls auf dem Bildschirm. Sie sind viel schlanker und hübscher als ich. Ihre Frisur ist perfekt. Ihre Haut ist makellos. Ihr Outfit hat nicht die geringste Ähnlichkeit mit dem, was ich im Kleiderschrank hängen habe. Höchste Zeit, dass ich mal wieder einkaufen gehe!

Während ich die Straße entlangfahre, treffe ich wieder auf diese makellosen Gesichter – dieses Mal allerdings haben sie überdimensionale Ausmaße. Auf Plakatwänden überall entlang der Straße erinnern mich riesige Abbildungen von perfekter Schönheit daran, wie gewöhnlich ich doch bin. Sie wecken in mir den Wunsch, mich gleich im nächsten Geschäft mit Haut- und Bräunungscremes einzudecken, damit ich bald genauso umwerfend aussehe.

Ich muss gestehen: Die Medien haben einen ziemlich großen Einfluss auf mich. Oft bin ich wegen meines Aussehens frustriert, wenn ich die Models in den Zeitschriften und in der Werbung sehe. Und ich weiß, dass es nicht nur mir so geht. Forscher haben tatsächlich herausgefunden, dass 70 Prozent der Frauen, die sich Modezeitschriften ansehen, depressiv werden, sich schuldig fühlen und sich wegen ihres Aussehens schämen, nachdem sie weniger als fünf Minuten in diesen Zeitschriften geblättert haben![1] Andere Forscher sehen einen Zusammenhang zwischen der Darstellung von unrealistisch dünnen und oft retuschierten Frauenkörpern und der Tatsache, dass Frauen aller Altersklassen immer häufiger an Depressionen erkranken, ihren Selbstwert verlieren und Essstörungen entwickeln. Die milliardenschwere Ernährungs-, Mode- und Werbeindustrie verlässt sich auf mein Gefühl der Unzulänglichkeit, um vom Epiliergerät bis hin zu Abnehmpillen alles verkaufen zu können. Sie sichert sich durch die Verunsicherung ganzer Generationen riesige Umsätze.

Werbung und Medien reden mir, was meinen Wert betrifft, Lügen ein. Was unsere Schönheit betrifft, belügen sie uns schamlos, und wir fallen voll darauf herein!

Aber auch unser unmittelbares Umfeld spielt eine nicht geringe Rolle bei der Prägung unserer Schönheitsideale und unserer Selbstwahrnehmung.

Dass die Frauen, die wir auf den Titelblättern von Zeitschriften und in den Werbesendungen sehen, nicht wie die normale Durchschnittsfrau aussehen, ist ja kein großes Geheimnis. Was dir aber möglicherweise nicht bewusst ist, ist die vorsätzliche und irreführende Art und Weise, wie die Medien uns ein Schönheitsideal vor Augen führen.

Damit wir nicht länger auf die Lügen der Medien hereinfallen, muss uns zunächst einmal klar werden, welchen konkreten Einfluss sie auf uns haben. Täglich strömen über zweitausend Werbebotschaften auf uns ein[2]; die meisten von uns verbringen etwa eineinhalb Jahre ihres Lebens damit, sich Werbesendungen anzusehen. Es wäre naiv von uns zu glauben, dass uns das nicht beeinflusst!

Du gehörst zur Zielgruppe

Teenager sind für die meisten Werbeleute eine attraktive Zielgruppe. Du bist also voll im Visier der Marketingstrategen. Die Werbebotschaften werden nicht umsonst so sorgfältig formuliert: Sie sollen dich anlocken, deine Aufmerksamkeit fesseln. Warum? Weil die Forschung ergeben hat, dass du nicht nur leicht beeinflussbar bist, sondern auch Geld hast.

Ein Marketingbeobachter machte mal darauf aufmerksam, dass die Werbewirtschaft junge Leute bewusst ausnutzt, weil sie in dieser Phase ihres Lebens von Natur aus noch unsicher sind. Er erklärt: „Marketing hat besonders auf Teenager eine große Wirkung. Die Teenagerzeit ist gekennzeichnet von Veränderungen. Weil diese Veränderungen oft sehr verwirrend sind, fragen sich Jugendliche häufig, was wohl am Ende dabei herauskommen wird. Sie machen sich viele Gedanken darüber, ob sie von anderen akzeptiert werden. Folglich sind die Teenagerjahre gekennzeichnet von einer Unsicherheit, die dazu führt, dass sie offen sind für alle möglichen Einflüsse von außen – vorausgesetzt, diese Einflüsse machen ihnen Hoffnung, dass ihre Erwartungen und Träume sich erfüllen und das Gefühl der Leere verschwindet. Mit anderen Worten: Teenager sind für die Werbewirtschaft die perfekte Zielgruppe.“[3]

Eine andere Aussage geht in eine ähnliche Richtung. Eine Marketingmanagerin gab mal in einem Zeitungsartikel zu, dass Werbetreibende viele Überstunden machen, um den jugendlichen Konsumenten davon zu überzeugen, dass er nur dann etwas wert ist, wenn er dieses Produkt kauft. „Erfolgreiche Werbung schafft es, dem Konsumenten das Gefühl zu geben, er sei ein Loser, wenn er das Produkt nicht kauft“, erklärt sie. „Kinder sind besonders anfällig dafür. Wenn du sie aufforderst, ein bestimmtes Produkt zu kaufen, weigern sie sich. Wenn du ihnen aber einredest, dass sie ein Volltrottel sind, wenn sie es nicht tun, dann hast du ihre Aufmerksamkeit. Dadurch werden emotionale Schwachstellen offengelegt – was bei Kindern besonders einfach ist, weil sie emotional am meisten verwundbar sind.“[4]

Die Realität ist, dass Werbetreibende an ihrem Konferenztisch sitzen und Strategien entwickeln, wie sie von deinen Schwächen profitieren können. Sie haben sich eingehend mit dir und deinen gleichaltrigen Freunden beschäftigt. Sie kennen die Herausforderungen, denen du dich stellen musst, und sie sind ganz versessen darauf, diese Herausforderungen mit ihren Marketingmethoden zu Geld zu machen.

Fühlst du dich jetzt bloßgestellt? Frustriert es dich, dass Marketingleute vorsätzlich versuchen, dich davon zu überzeugen, dass du ein Loser bist? Macht es dich wütend, dass Firmen bereit sind, über deine Unsicherheiten und Schwächen herzufallen, um an deinen Geldbeutel zu kommen? Mich auch. Aber das ist noch nicht alles.

Sie haben deine Schönheit im Visier

Die Werbung zielt nicht nur allgemein auf dich ab. Man gibt sich besonders Mühe, dich von deinem unvollkommenen Aussehen zu überzeugen. Dir wird bewusst die Botschaft übermittelt, dass du keine Schönheit bist. Werbung soll dir einreden, dass du ein bestimmtes Produkt brauchst, um attraktiver auszusehen. Dass dies ein Gefühl der Unsicherheit in dir auslöst, geschieht nicht rein zufällig. Das wird schon vorher genau eingeplant.

Die Marketingbranche hat Öl ins Feuer unserer körperbewussten Kultur gegossen, was dazu geführt hat, dass du dich kritischer im Spiegel betrachtest. Die Werbeleute hoffen, dass du mit deinem Spiegelbild unzufrieden bist, weil du dich mit einem Schönheitsstandard vergleichst, der dir immer wieder in Zeitschriften, im Fernsehen und in Filmen vor Augen geführt wird. Sie setzen bei der Werbung bewusst Frauen ein, die dünner und attraktiver sind als der Durchschnitt, damit der Rest von uns sich unattraktiv fühlt. Sie verlassen sich darauf, dass wir auf diese Gefühle mit Geldausgeben reagieren. Oft ist das auch so. Aber das Gefühl der Leere bleibt zurück. Der Vergleich mit den makellosen Schönheiten, die uns in der Werbung präsentiert werden, ist sehr gefährlich.

Wenn wir uns an Jesus wenden und ihn fragen würden: „Bin ich schön?“, dann würde er voller Begeisterung erzählen, wie sehr er uns liebt und mit wie viel Sorgfalt er sich unserer Schönheit gewidmet hat, als er uns schuf. Wenn wir die Medien als Spiegel benutzen und ihnen dieselbe Frage stellen, dann lautet die Antwort garantiert: „Du nicht, sondern eine andere Frau!“ Und diese „andere“ ist wahrscheinlich eine sorgfältig retuschierte, perfekte Schönheit, an die wir nie heranreichen werden.

Alles nur ein Fake

Die Bilder im Fernsehen und in Zeitschriften sind in den meisten Fällen nur gefakt. Krass, oder? Jeder einzelne Aspekt einer Werbung ist so arrangiert, dass eine bestimmte Botschaft bei dir ankommen soll. Die Beleuchtung ist genau durchdacht. Die Platzierung der Personen und Objekte ist durchdacht. Die Farben werden strategisch gewählt. Die Bilder der Models werden retuschiert und mit Bildbearbeitungsprogrammen quasi perfektioniert. Der Bauch wird gestrafft, bei den Oberschenkeln wird nachgeholfen und das Endprodukt – eine scheinbar perfekte Frau – wird uns dann in der Zeitschrift oder im Fernsehen präsentiert. Doch das, was wir da sehen, entspricht nicht der Realität. Die Wirklichkeit besteht wahrscheinlich eher aus einer gewöhnlichen Frau, die so zurechtgemacht wurde, dass sie eben außergewöhnlich aussieht.

Die Stars wissen, dass die Art und Weise, wie sie dargestellt werden, nicht echt ist. Manche haben angefangen, sich dagegen zu wehren. Vor einigen Jahren protestierte die Schauspielerin Jamie Lee Curtis gegen das falsche Image, das die Welt von ihr präsentierte. Sie sorgte für heftige Diskussionen, als sie anbot, in der Zeitschrift „More" ohne Beleuchtung und ungeschminkt zu posieren. Sie wollte nicht retuschiert und auch nicht mit Bildbearbeitungsprogrammen verschönert werden. Indem sie ihre wahre Schönheit zur Schau stellte, half sie mit, die Methoden der Werbeleute aufzudecken, und bewies dadurch, dass die Schönheit, die von den Zeitschriften verkauft wird, ein unerreichbares Ideal ist.

Eine andere Schauspielerin – Kate Winslet – sprach einmal offen darüber, wie sie ähnlich frustriert war, als eine Zeitschrift ihr Coverbild veränderte. Sie räumte ein, dass die dünnen Oberschenkel, die darauf zu sehen waren, nicht ihr gehörten. Nach dem Fotoshooting wurden die Bilder von ihr überarbeitet, damit sie dünner aussah, als sie tatsächlich ist.

„Die haben mich übertrieben stark retuschiert“, beklagte sie. „So sehe ich nicht aus und, was noch wichtiger ist: So will ich überhaupt nicht aussehen!“[5]

Aber Frauen mit dieser Einstellung sind selten anzutreffen. Die meisten Covergirls würden niemals zugeben, dass ihr Aussehen verändert wurde. Sie lassen uns mit dem Glauben zurück, dass mit uns etwas nicht stimmt, weil wir nicht so aussehen wie sie. Das ist eine unverschämte und gemeine Lüge. Die Schönheit, die uns die Gesellschaft zu bieten hat, hat nichts mit der Realität zu tun. Sie ist ein billiger Ersatz für die Schönheit, die wir bereits besitzen. Weder die genialste Fototechnik noch das beste Bildbearbeitungsprogramm können mit der Schönheit mithalten, mit der unser Schöpfer uns ausgestattet hat.

Lass deine Sicht auf die Dinge von Jesus prägen

Wir sind nicht die Ersten, die in der Gefahr stehen, uns von unguten Botschaften beeinflussen zu lassen. In 1. Johannes 2,15 steht, dass wir unser Herz nicht an diese Welt oder irgendetwas Weltliches hängen sollen. Und in Vers 16 lesen wir: „Denn die Welt kennt nur das Verlangen nach körperlicher Befriedigung, die Gier nach allem, was unsere Augen sehen, und den Stolz auf unseren Besitz. Dies alles ist nicht vom Vater, sondern kommt von der Welt.“

Unsere Sehnsucht nach Schönheit, wie die Welt sie anbietet, unser stärkendes Bedürfnis, so auszusehen wie die Frauen in den Werbeanzeigen, und die perfekten Schönheiten, mit der die Welt sich brüstet, stammen nicht von unserem Vater im Himmel. Das gesellschaftliche Schönheitsideal kann uns keine Zufriedenheit schenken, und wir sollten darauf achten, dass wir uns davon nicht beeinflussen lassen. „Orientiert euch nicht am Verhalten und an den Gewohnheiten dieser Welt, sondern lasst euch von Gott durch Veränderung eurer Denkweise in neue Menschen verwandeln", heißt es in Römer 12,2. Ein wirklich weiser Ratschlag!

Viele von uns führen durch den unkritischen Medienkonsum eine sorglose Freundschaft mit der Welt. Wir verbringen oft mehr Zeit damit, die Botschaften der Medien zu verdauen als damit, den Wahrheiten auf der Spur zu sein, die Gott für uns bereithält. Wir gestatten den Medien, unser Herz und unser Leben zu prägen. Anstatt Jesus zu erlauben, unsere Sicht auf die Welt zu beeinflussen, fallen wir auf die Botschaften herein, die uns die Gesellschaft unterjubeln will. Die Folge ist eine tiefe innere Leere.

Falls du vergessen hast, dass Gott, dein Schöpfer, dich kennt und liebt, sind hier ein paar Verse, die dich wieder daran erinnern:

- ➔ Psalm 139
- ➔ Hohelied 4,1a und Vers 7
- ➔ Jesaja 43,4
- ➔ 1. Petrus 5,7
- ➔ Philipper 4,4–8
- ➔ Lukas 12,6–7
- ➔ Matthäus 18,12–14

„Wir sind so lange innerlich leer, bis die Leere in unserem Herzen mit einer Beziehung zu Gott gefüllt wird und wir unter der Herrschaft Gottes leben", schreibt Walt Muller in einem Artikel über Dinge, die Eltern und Teenager zum Thema Marketing wissen müssen. „Hier kommen die Marketingmethoden ins Spiel. Das Marketing nutzt die Leere und Sehnsucht in uns aus, indem uns versprochen wird, dass es uns besser geht und wir erfüllt und zufrieden sein werden, wenn wir bestimmte Produkte kaufen und verwenden. Faktisch bedeutet das: Marketing ersetzt das wahre Evangelium mit einem falschen. Wenn wir den Werbeversprechen glauben, dass wir durch bestimmte Produkte frei werden – ein Versprechen, das in Wirklichkeit niemals zur Befreiung führen kann –, dann laufen wir Gefahr, in einen nie endenden Kreislauf zu geraten: Wir glauben, was uns gesagt wird, und kaufen ein Produkt nach dem anderen – in der Hoffnung, dass wir dieses Mal irgendwie doch Erfüllung finden."[6]

Ich behaupte jetzt nicht, dass wir vor den Medien und der Werbung die Augen verschließen müssen. Das wäre ein Ding der Unmöglichkeit. Aber ich rate dir, dich vor den Werbebotschaften, die irreführend und schädlich sind, zu hüten. Es gibt bestimmte Zeitschriften, die wir wegen des Einflusses, die sie auf uns haben, besser meiden sollten. Wir sollten den Fernseher ausschalten, wenn Sendungen ausgestrahlt werden, in denen Frauen auf unrealistische Weise dargestellt werden. Und darauf achten, dass wir die Leere in unserem Herzen nicht mit sinnlosen Dingen füllen. Vor allen Dingen sollten wir die Wahrheit nicht vergessen: dass wir von Gott geliebt und liebenswert sind.

Heute Abend werde ich noch einmal ein ausgiebiges Bad nehmen. Ich werde mir Kerzen anzünden und duftenden Badeschaum ins Wasser gießen. Aber ich werde die Zeitschriften im Regal liegen lassen. Es ist erholsam, die Bilder einmal nicht sehen zu müssen. Anstatt mich zur Zielscheibe der Werbeindustrie machen zu lassen, werde ich mich lieber in den Worten „baden", die Jesus mir auf liebevolle Weise zuspricht, wenn er von meiner Schönheit redet.

Zehn Tipps für deine Zeit mit Gott

Verbringe mehr Zeit mit Gott und seinem Wort als mit dem Konsum von Zeitschriften, Fernsehsendungen und anderen Dingen, die dich nur manipulieren wollen. Hier einige Vorschläge, wie du das Beste aus deiner persönlichen Stillen Zeit herausholst:

✻ **Suche dir ein gemütliches Plätzchen**
Suche dir einen ruhigen, behaglichen Ort, wo du dich auf die Zeit mit Gott konzentrieren kannst. Das kann ein großer, gemütlicher Sessel in deinem Zimmer sein oder ein ruhiges Plätzchen auf der Veranda. Wenn es bei dir zu Hause besonders laut und hektisch zugeht, kann auch die Badewanne eine gute Rückzugsmöglichkeit sein. Finde den Ort, an dem du dich am wohlsten fühlst. Betrachte diesen Ort als heilig und halte dich regelmäßig dort auf, um in die Gegenwart Gottes zu kommen.

✻ **Suche dir den richtigen Zeitpunkt aus**
Finde heraus, zu welcher Tageszeit du am wenigsten unter Stress stehst und dich am besten konzentrieren kannst. Verpflichte dich dann, jeden Tag diese Zeit mit Gott zu verbringen. Wenn es dir schwerfällt, am Morgen einen klaren Gedanken zu fassen, dann ist das für dich wahrscheinlich nicht die beste Zeit, um mit Gott zu reden und in der Bibel zu lesen. Nimm dir stattdessen abends dafür die Zeit, die du sonst hellwach vor dem Fernseher oder Computer verbringst. Wenn du morgens aufwachst, sofort munter bist und dich ausgeschlafen fühlst, dann verbringe die ersten Minuten des Tages mit deiner Bibel.

✻ **Benutze einen Bibelleseplan oder ein Andachtsbuch**
Eine Orientierung für das Lesen in der Bibel können sogenannte Bibellesepläne sein, zum Beispiel das Bibellesemagazin

„Pur“ vom Bibellesebund (www.bibellesebund.de) oder die „Lichtstrahlen“-Bibellesehilfe für junge Leute aus dem Bornverlag. Auch Andachtsbücher sind empfehlenswert. Zugegeben: Das Wort „Andachtsbuch“ klingt ein bisschen langweilig, aber der Inhalt ist es keinesfalls. Suchst du ein Andachtsbuch zu Themen dieses Buches, dann ist „Das pure Leben“ von Rebecca St. James oder „Wer will schon wie Barbie sein?“ von Mieka Philips in jedem Fall ein guter Griff.

✻ Lies jeden Tag ein Kapitel aus dem Buch der Sprüche

In der Bibel gibt es ein Buch der Sprüche, das genau 31 Kapitel enthält. Wenn du jeden Tag eines davon liest, kommst du in einem Monat durch dieses Buch. Jedes dieser Kapitel ist vollgepackt mit Erkenntnissen, wie du ein Leben führen kannst, das Gott gefällt.

✻ Führe ein Tagebuch

Schreibe deine Gebete in Form von Briefen an Gott auf. Suche dann in der Bibel nach Versen, die dich in der Situation, die du Gott gerade beschrieben hast, ermutigen oder dir Antworten geben. Schreibe diese Verse neben deinen Tagebucheintrag. Du wirst erstaunt sein, wenn du später einmal zurückblätterst und erkennst, wie treu Gott ist – und wie kraftvoll seine Worte sind!

✻ Lerne Bibelverse auswendig

Wir haben das Alphabet, die Telefonnummern unserer Freunde und mathematische Formeln alle auf dieselbe Art und Weise gelernt: Immer wieder haben wir sie im Geist oder laut wiederholt und sie aufgeschrieben. Auch Bibelverse kann man wunderbar auswendig lernen. Beim Wiederholen wirst du feststellen, dass sie allmählich ganz tief in dich „einsinken“ – und du sie später in einer Situation, in der du sie brauchst, sofort „abrufen“ kannst.

✱ Konzentriere dich auf die Worte Jesu

Wenn du dir nicht sicher bist, welche Bibeltexte du während deiner Zeit mit Gott lesen sollst, dann hier ein Vorschlag: Konzentriere dich auf die Worte, die Jesus gesagt hat. Es gibt eine Bibel in einer modernen Übersetzung, in der alle Worte, die Jesus gesprochen hat, rot hervorgehoben sind.* Wenn du nicht sicher bist, was du lesen sollst, dann blättere einfach im Neuen Testament durch die Evangelien und konzentriere dich auf das, was Jesus dir zu sagen hat.

✱ Beschäftige dich intensiv mit Themen der Bibel

Beschäftige dich mal eine Zeit lang mit bestimmten Themen der Bibel, zum Beispiel mit der Taufe, dem Himmel, Freundschaft, Gebet usw. Suche in der Bibel nach Aussagen zu diesen Themen. Diese Recherche wird dich garantiert herausfordern, aber auch deinen Horizont erweitern. Auf www.bibelserver.com kannst du beispielsweise bestimmte Suchworte eingeben. Hilfreich ist auch ein Begriffregister, das in manchen Bibeln im Anhang zu finden ist.

✱ Gründe eine „Zweierschaft"

Bitte eine Freundin, die auch Christin ist, dich in deinen Zielen in puncto „Zeit mit Gott verbringen" zu unterstützen. Vereinbare mit ihr, dass sie dich jede Woche fragt, ob du dein Versprechen gehalten und tatsächlich regelmäßig Zeit mit Gott verbracht hast. Stelle ihr dieselbe Frage. Trefft euch regelmäßig in eurem Lieblingscafé oder -restaurant, um euch darüber auszutauschen, was ihr gelernt habt und was Gott dir in deinen Gebetszeiten mitgeteilt hat.

---

* Die Jesus-Bibel. Mit den Worten Jesu in roter Schrift. Neues Leben Übersetzung. Erschienen im Brockhaus-Verlag.

* **Freu dich an Gottes Schöpfung**
Pack deine Bibel und dein Tagebuch ein und geh raus in die Natur. Suche dir einen See, eine Blumenwiese oder einen Wanderweg, und lies dir dort Verse durch, die von Gott, dem Schöpfer, sprechen. Wenn du von der Schönheit und den Klängen der Natur umgeben bist, wirst du die Worte des entsprechenden Bibelabschnittes noch einmal von einer ganz neuen Seite erleben.

Meine Gedanken

1. Welche Werbespots haben dich schon dazu gebracht, deine Schönheit anzuzweifeln? Auf welche Art und Weise machen sie dich unsicher?

2. Wie fühlst du dich dabei, wenn du weißt, dass die Werbeleute dich und deine Schönheit bewusst zur Zielscheibe für ihre Werbung machen? Was kannst du tun, um dich dagegen zu wehren?

3. Wie kannst du dein Herz vor den irreführenden Schönheitsbotschaften schützen, denen wir alle ständig ausgesetzt sind?

Kapitel 7:

Aussehen mangelhaft? Willkommen im Klub der Unvollkommenen!

Welches sind deine Schwachstellen? Ich meine damit nicht charakterliche oder schulische Schwächen, etwa, wenn du bei starker Müdigkeit unleidlich wirst oder wenn du von Mathe überhaupt keinen Plan hast, egal, wie sehr du dich auch bemühst (ich übrigens bin in Mathe auch eine Niete). Ich rede von körperlichen Makeln – „Schönheitsfehlern", die dich in den Wahnsinn treiben, wenn du dich im Spiegel ansiehst. Das können Kleinigkeiten wie zum Beispiel deine Haare sein, die du lieber glatt statt lockig hättest. Oder hast du irgendeine Auffälligkeit an dir, die die Blicke anderer Menschen auf sich zieht? Vielleicht auch ein Muttermal, das jeder bemerkt und sich gleichzeitig genötigt fühlt, darauf hinzuweisen? Ist es dein Gewicht? Deine Haut? Deine Größe?

Ich habe mehr als nur einen körperlichen Makel, und das macht mich ganz verrückt. Mein Gewicht ist eines meiner größten Probleme – das ist inzwischen für dich sicher kein Geheimnis mehr. Ich hasse meine Wampe! Ich sehe immer so aus, als wenn ich im dritten Monat schwanger wäre und habe Angst, die Leute könnten sich ständig fragen, ob dies der Fall ist. Über meinen Augenwinkeln habe ich eine Art Hautwulst, die ich noch bei keinem anderen gesehen habe, außer bei meinem Bruder. Schon oft habe ich mir gewünscht, genug Geld und den Mut zu haben, sie von einem plastischen Chirurgen entfernen zu lassen.

Meine Nase sieht immer noch so aus wie mit zwei Jahren. Jeder erzählt mir, wie süß das aussieht. Irgendwann will aber jedes Mädchen raus aus der Phase, wo sie immer nur als „süß" bezeichnet wird. Ich befürchte, meine Nase wird immer daran schuld sein, dass ich niemals hübsch oder schön aussehen werde – es wird immer nur zu einem „süß" reichen. Körperlich betrachtet bin ich weit davon entfernt, perfekt zu sein. Ich wette, dir geht es genauso.

Jeder von uns hat irgendwelche Makel. Unsere Gesellschaft will uns einreden, dass wir sie um jeden Preis loswerden müssen. Das Geschäft mit der Schönheitschirurgie boomt. Man kann alles vergrößern, verändern oder entfernen lassen. Leberflecken, Muttermale und andere Schönheitsfehler können alle an einem einzigen Nachmittag weggelasert werden.

Fernsehsendungen wie „Extrem schön! Endlich ein neues Leben“ machen dir weis, dass deine körperlichen Merkmale, die du von Geburt an hast, ganz leicht verändert werden können. Wenn dein Körper perfekt aussieht, soll dein Leben angeblich glücklicher verlaufen, und du wirst umringt sein von lächelnden Freunden und Verwandten.

Doch können wir wirklich Frieden finden, wenn wir unsere Makel entfernen oder korrigieren lassen? Hat Gott einen Fehler gemacht, als er diese „Unvollkommenheiten“ schuf, oder hat er sie absichtlich zu unserem Besten geschaffen? Wir sind wieder einmal herausgefordert, die Botschaften der Konsum- und der Werbeindustrie seinen göttlichen Maßstäben gegenüberzustellen. Unsere Unvollkommenheiten, seien sie körperlicher oder anderer Natur, waren tatsächlich von ihm beabsichtigt. (Ich weiß, dass du diese Aussage ungeheuerlich findest.) Unser Gott ist in der Tat ein Gott, der seine Stärke in unserer Schwachheit zeigt und der schon immer die Schwächeren gebraucht hat, um erstaunliche Dinge durch sie zu tun.

Vollkommenheit ist keine Option

Das Interessante an Makeln ist, dass jeder von uns welche hat. Keiner ist perfekt. Sogar die Supermodels räumen ein, dass ihre Bilder retuschiert werden, selbst wenn sie es mit einer Diät und regelmäßigem Training geschafft haben, dünner zu werden als ihre natürliche Figur es eigentlich zulässt. Ich bin jedes Mal begeistert, wenn eine von ihnen zugibt, dass sie Cellulitis oder Dehnungsstreifen hat. Das fühlt sich an wie ein Sieg für die gesamte Frauenwelt. Auf dem ganzen Planeten gibt es keine

Frau, die makellos ist. Offen gesagt: Unterm Strich ist Vollkommenheit für *niemanden* eine Option. Jeder von uns ist mit irgendwelchen körperlichen Mängeln geschaffen worden.

Oft stelle ich mir die Frage nach dem Warum. Warum wurde ich so geschaffen? Warum wurdest du so geschaffen? Ehrlich gesagt, die Wahrheit, dass Gott mich so liebt, wie ich bin, hat mich noch nie wirklich zufriedengestellt. Ich möchte wissen, warum ich nicht so gemacht wurde wie die Girls, die von Natur aus dünn sind und einen flachen Bauch haben. Ich möchte wissen, warum er es für eine großartige Idee gehalten hat, mir „Hautlappen" über meine Augenwinkel zu legen, und es interessiert mich brennend, warum er es nicht für angebracht hielt, mir eine „erwachsenere" Nase zu geben.

Hast du dir auch schon einmal solche Fragen in Bezug auf deine Makel gestellt? Hast du dir jemals eine Antwort gewünscht auf die Frage „Warum hast du mich so gemacht?" oder „Warum kann ich nicht so aussehen wie ...?"

Wenn man groß ist

Wenn du jetzt persönlich vor mir ständest, könntest du erkennen, dass meine Körpergröße eines meiner wichtigsten Merkmale ist. Ich bin 1,83 Meter groß. Mit zwölf Jahren war ich schon 1,75 m. Damit überragte ich alle anderen natürlich um Längen, auch die Jungs. Man sprach mehr über mich, als mir lieb war. Die Erwachsenen fragten meine Mutter und mich, von wem ich denn meine Größe hätte, denn meine Mutter ist nur 1,65 Meter groß. Sie waren alle total erstaunt, dass jemand in meinem Alter – was die Größe angeht – viele von ihnen schon überragte. Im Flur meiner Schule liefen die Jungs hinter mir her und flüsterten sich zu: „Mensch, ist die groß!" Emotional und unbeholfen, wie ich in dem Alter war, war das für mein labiles Selbstbewusstsein nicht gerade von Vorteil.

Zudem habe ich mich noch mit meinen Freunden verglichen. Ich kann mich noch daran erinnern, wie ich bei unseren Pyjama-Partys Klamotten anprobierte oder einfach nur in den Spiegel starrte, während wir uns gegenseitig die Haare frisierten, und wie ich dabei jedes Mal über meine Größe entsetzt war. Ich war nicht nur größer als die anderen, sondern meine Schultern waren auch noch breiter (was bedeutete, dass ich auch noch mehr Masse hatte). Auch meine Füße, Hände und mein Gesicht waren größer. Wie auch immer, jetzt könnt ihr euch vorstellen, wie ich aussah. Ich hatte das Gefühl, dass man nichts an mir als „süß" bezeichnen konnte, denn was „süß" ist, ist auch klein, und gerade das war ich nicht.

Worin lag also der Sinn, dass ich so groß war? Ich glaube, dass Gott mich geschaffen hat, aber damals verstand ich nicht, was er sich dabei gedacht hatte, als er mir diese riesenhafte Größe gab. Vielleicht hatte sich das ja so abgespielt: Gott setzte mich im Mutterleib zusammen und war gerade mit meinen Wachstumsgenen beschäftigt, als er irgendwie abgelenkt wurde. Plötzlich dachte er: „Ups … na ja, sie wird schon damit klarkommen …" Nun, so war es ganz bestimmt nicht. Die Wahrheit ist: Gott hatte mit meinem Körperbau schon immer etwas vor. Jeder von uns wurde für einen bestimmten Zweck einzigartig geschaffen. Bei Gott gibt es keinen Zufall. Er ist ein zielbewusster und ordnungsliebender Gott. Das sind großartige Eigenschaften, in die wir unser Vertrauen setzen können!

Es stellte sich heraus, dass Gott einen tollen Mann für mich ausgesucht hatte, der 1,98 Meter groß und von meiner Größe begeistert ist. Er findet, meine Größe ist ein entscheidender Faktor für meine Schönheit. Teilweise bin ich also für ihn so geschaffen worden. Als ich mit zwölf Jahren eine solche Abscheu für meine Größe empfunden hatte, konnte ich mir noch nicht vorstellen, dass ich einmal einem fast zwei Meter großen Traummann begegnen würde, der genau nach dieser Eigenschaft Ausschau hielt.

Heute haben wir zwei hübsche Töchter. Auch bei ihnen kann

man schon feststellen, dass sie über dem Durchschnitt liegen, was ihre Größe anbelangt. Wenn sie einmal zwölf Jahre alt sind und ihnen peinlich ist, dass sie schon 1,75 Meter groß sind, dann kann ich ihnen getrost versichern, dass es auch für sie großartige Pläne gibt, die sich eines Tages erfüllen werden und die ganz auf ihre unverwechselbaren Eigenschaften abgestimmt sind!

Andrea Hogue

Makel gleich Schönheit

Wie wäre es, wenn wir die Entscheidung träfen, uns einmal in einem anderen Licht zu betrachten? Was, wenn wir aufhören würden, uns zwanghaft mit unseren Unvollkommenheiten zu beschäftigen und stattdessen anfingen, Gefallen an ihnen zu finden? Kann es sein, dass die Dinge, die wir am wenigsten an uns mögen, in Wirklichkeit unsere schönsten Merkmale sind? Wenn wir genau hinschauen, werden wir feststellen, dass unsere Unvollkommenheiten tatsächlich Schönheitsmale sind, mit denen Gott uns bewusst ausgestattet hat.

In ihrem Buch „Mirror, Mirror" (deutsch: Spieglein, Spieglein) schreibt Kendall Payne genau über dieses Thema. Kendall ist eine christliche Musikerin, die den Druck, so aussehen zu müssen, wie die anderen, nur allzu gut kennt. Aber sie weiß, dass wir alle als Originale geboren sind. Sie schreibt: „In der Bibel gibt es einen Vers, in dem steht: ‚Ich kannte dich schon, bevor ich dich im Leib deiner Mutter geformt habe' (Jeremia 1,5). Als er uns schuf, hatte er bereits einen ganz besonderen Plan für uns im Hinterkopf. Manchmal fällt es uns schwer, so zu denken, denn wir fühlen uns doch so ganz anders! Oft wünschen wir uns einfach nur, so auszusehen wie alle anderen. Aber überlegt doch mal, wie langweilig es wäre, wenn wir alle gleich aussehen würden. Ein ganzer Haufen Kopien, wo wir doch eigentlich ein Haufen Originale sein sollten. Wir ehren

Gott am meisten, wenn wir lernen, uns als einzigartige Person, die er geschaffen hat, anzunehmen und immer mehr zu lieben."[1]

Kendall weist uns hier auf etwas sehr Wichtiges hin: Gott hat *dich* und *mich* geschaffen. Er hat uns von Anfang an mit peinlicher Genauigkeit gestaltet. Vielleicht haben wir schon Hunderte Male davon gehört, dass Gott der Schöpfer ist. Aber dieses Mal gehen wir noch ein Stück weiter: Akzeptiere doch bitte, dass Gott auch der Schöpfer deiner Unvollkommenheiten ist, und dass diese kein Zufall sind.

In Psalm 139 wird beschrieben, wie du geschaffen wurdest. Jedes Detail war beabsichtigt und eigenhändig von Gott gemacht.

„Du hast alles in mir geschaffen und hast mich im Leib meiner Mutter geformt. Ich danke dir, dass du mich so herrlich und ausgezeichnet gemacht hast!"

Psalm 139,13–14

Alles an dir wurde von Gott so zusammengefügt. Er formte die Lidfalten an meinen Augenwinkeln. Er modellierte meinen runden Bauch. Ich stelle mir vor, wie er voller Freude meine Nase kreierte. Diese Merkmale waren kein Zufall! In der Bibel werden sie sogar als „herrlich" und „ausgezeichnet" angepriesen.

Er erschuf auch deine Makel, und ich zweifle daran, dass er in ihnen etwas Unvollkommenes sieht. Auch du wurdest herrlich und ausgezeichnet und akribisch genau von einem liebenden Gott geschaffen. Du bist sein Werk und du bist wundervoll. Weißt du das? Weißt du das ganz tief in dir drin?

Ja, aber warum stattet er uns mit diesen einzigartigen Merkmalen aus, die uns von der Menge abheben? Ich glaube, dass wir darin seinen Fingerabdruck erkennen sollen, der uns an seine tiefe und beständige Liebe erinnern soll, die er für uns empfindet.

Im Buch Hohelied schreibt der Verfasser: „Lass es sechzig Königinnen sein, achtzig Nebenfrauen und zahllose Jungfrauen – doch sie ist einzigartig, meine Taube, meine Vollkommene“ (Kapitel 6,8–9).

Viele Bibelgelehrte glauben, dass das Buch Hohelied ein Bild für die Liebe Gottes zu seinem Volk ist. In romantischer Sprache wird dort die Geschichte einer Braut erzählt, die ihren Bräutigam liebt. Diese Worte beschreiben, welche Gefühle Gott für dich hat, und in diesem Abschnitt zeigt er, wie er sich über jede Besonderheit freut, die dich von anderen abhebt. Kannst du dir Schönheit in einem Raum mit sechzig Königinnen vorstellen? Aber wie im Text schon betont wird, lässt sich Vollkommenheit nur in der Einzigartigkeit finden.

„Sie ist einzigartig, meine Taube, meine Vollkommene.“

All die Merkmale, die mich von anderen unterscheiden, sollen mich daran erinnern, dass ich einem Gott diene, der sehr kreativ war, als er mich schuf, und dem das kleinste Detail wichtig ist. Diese Merkmale an mir machen mich außerdem zur schönsten Frau, weil sie zu den Eigenschaften gehören, die mich so einzigartig machen.

Ich habe bereits erwähnt, dass ich eine Zwillingsschwester habe. Wir sehen uns sehr ähnlich, aber sie hat keine Lidfalten über den Augenwinkeln. Ihre Haare sind von Natur aus gelockt, während meine glatt sind. Sie hat an ihrer Wade ein Muttermal in der Form Afrikas. Ich habe eins in der Form Jamaicas auf meiner linken Hüfte. Sie ist Linkshänderin, ich Rechtshänderin. Diese Merkmale unterscheiden uns voneinander. Sie machen uns zu verschiedenartigen Individuen, und sie erinnern uns ständig daran, dass unser Schöpfer uns so sehr geliebt hat, dass er körperliche Unterschiede in uns geschaffen hat, um zu zeigen, wie einzigartig diese Liebe zu jedem von uns beiden ist.

Wir haben von der Werbung eingetrichtert bekommen, dass Schönheit so eine Art genormtes Gipsmodell ist. Am liebsten wäre uns, wir wären auf einem Fließband angerollt gekommen und so geschaffen worden, dass wir wie die perfekten Models aussehen, die wir im Fernsehen und in den Zeitschriften sehen. Aber Gott produziert Schönheit nicht am Fließband und benutzt auch keine identischen und austauschbaren Bauteile. Die Teile deines Körpers, die du als Makel betrachtest, wurden absichtlich und zu einem bestimmten Zweck geschaffen. Du bist damit ausgestattet, damit du daran denkst, dass Gott sich um dich kümmert, trotz der Tatsache, dass du nur einer von über sechs Milliarden Menschen auf diesem Planeten bist. Er hat jedes einzelne Merkmal an dir bis ins kleinste Detail kunstvoll gestaltet.

Noch tiefere Einsichten

Diese Wahrheit trifft nicht nur auf unsere äußere Erscheinung zu, sondern reicht noch viel weiter. Gott ist in deiner Schwachheit gegenwärtig. Selten gebraucht er die Vollkommenen, um seine großartigen Pläne auszuführen. Über diese geheimnisvolle Wahrheit schreibt auch Paulus. Nachdem er einen Makel an sich beschreibt, den er einen „Dorn in seinem Fleisch" nennt (siehe 2. Korinther 12,7), erzählt er von der Fähigkeit Gottes, in unseren Schwachheiten verherrlicht zu werden.

Und er (Gott) hat zu mir gesagt: „Lass dir an meiner Gnade genügen, denn meine Kraft wird in der Schwachheit vollkommen"

2. Korinther 12,9; SL

Wie zuvor im Buch Hohelied, wird hier über das Geheimnis der Vollkommenheit gesprochen. Es geht nicht darum, dass wir unsere Makel entfernen lassen. Das Geheimnis ist vielmehr, dass wir Gott erlauben, seine Kraft durch unsere Schwächen zu demonstrieren.

Dieser Gedanke wird noch offensichtlicher, wenn wir uns ein paar Leute der Bibel, die Gott gebraucht hat, um seine Pläne umzusetzen, genauer ansehen. Von 1. Mose bis hin zur Offenbarung besteht das A-Team Gottes aus einem Haufen Durchschnittsmenschen wie du und ich. Sie sind körperlich voller Makel. Sie haben emotionale und in vielen Fällen auch geistliche Schwachstellen. Doch Gott gebraucht sie, um die Welt zu verändern und anderen Menschen zu helfen. Warum arbeitet er mit Durchschnittstypen zusammen? Weil seine Kraft in unserer Schwachheit vollkommen ist.

Das 11. Kapitel im Hebräerbrief erinnert uns an eine ganze Reihe von Leuten, mit denen Gott große Dinge vollbracht hat und die ihm vertrauten – an Leute wie Noah, der eine Arche baute, weil er Gottes Ankündigung glaubte, dass das Land bald überflutet werden würde. Auch Abraham wird in diesem Kapitel genannt, denn er glaubte Gottes Versprechen, dass er trotz seines hohen Alters noch einen Sohn bekommen würde. Mose taucht in der Liste auf – er führte das Volk Israel durch das Rote Meer – und die mutige Rahab, die Spione bei sich aufnahm. Auch Gideon und David und viele andere werden in Hebräer 11 erwähnt, weil Gott sie gerufen und ausgerüstet hatte, damit sie Außergewöhnliches vollbringen konnten.

Vielleicht hast du von diesen Leuten bereits in der Sonntagsschule gehört. Normalerweise reden wir aber nicht über die gigantischen Fehler und Makel dieser Persönlichkeiten, wenn wir ihre Geschichten erzählen. Hier ein paar Beispiele:

Nachdem Noah schon eine Weile wieder auf trockenem Land lebte, betrank er sich und verlor in seinem Zelt das Bewusstsein (siehe 1. Mose 9,20–21). Abraham hatte immer wieder mit Zweifeln zu kämpfen, und er verdrehte die Wahrheit, als es hart auf hart kam (siehe 1. Mose 12,11–20; 17,17). Mose hatte ziemliche Probleme, seinen Ärger in den Griff zu bekommen; sein ganzes Leben lang hatte er damit zu kämpfen (siehe

2. Mose 2,12; 6,30; 4. Mose 20,11–13). Bevor Gott ihn dazu berief, das Volk Israel von seinen ägyptischen Sklavenhaltern zu befreien, beging Mose einen Mord. In der Öffentlichkeit war er nicht besonders wortgewandt. Als Gott zu ihm aus dem brennenden Dornbusch sprach, erwiderte er: „Oh Herr, ich bin kein guter Redner; ich bin es nie gewesen – und seit du mit mir, deinem Diener, sprichst, hat sich daran nichts geändert. Ich kann nicht gut reden“ (siehe 2. Mose 4,10).

Gott nahm Mose diese Hürde nicht weg. Stattdessen entschied er sich, Mose – so wie er halt war – zu gebrauchen – auch mit all seinen Fehlern.

Als Gott seinem Volk den Sieg über seine Feinde – die Medianiter – schenken wollte, fiel seine Wahl auf Gideon, der nicht nur das jüngste und damit schwächste Mitglied seiner Familie war, sondern auch noch aus dem schwächsten Stamm des Volkes Israels kam (siehe Richter 6,15). Warum wählte Gott nicht den stärksten Mann aus dem stärksten Stamm? Weil er wusste, dass seine Kraft in Gideons Schwachheit so richtig zur Geltung kommen würde.

Auch König David war kein Mensch ohne Fehler und Makel. Er war ein Ehebrecher und ein Mörder, aber Gott hat ihn immer wieder auf mächtige Weise gebraucht. Im Neuen Testament, in der Apostelgeschichte 13,22 wird er sogar „Mann nach Gottes Herzen genannt“ – ein Mann, an dem Gott trotz allem Gefallen hatte.

Gott hat sich immer wieder entschieden, unvollkommene Menschen zu gebrauchen. Jesus ist der größte „Beweis“, um das zu verdeutlichen. Obwohl Jesus ohne Fehler und Makel war, war er doch vollkommen Mensch. Er wurde von einer Frau geboren, wie jedes andere Baby auch. Sein Körper war so menschlich wie deiner. Er brauchte Nahrung. Er musste sich ausruhen. Er war anfällig für Verletzungen und Krankheiten, so wie wir auch. Er war an die physikalischen Gesetze dieser Welt gebunden, aber Gott gebrauchte ihn, um jeden von uns aus Schuld, Ängsten und Nöten zu befreien und uns neue Hoffnung zu schenken.

Gottes Menschlichkeit ist es, was ihn für uns so anziehend macht.

Wir identifizieren uns mit ihm, weil er ein Gott ist, der genau das durchgemacht hat, was wir auch durchgemacht haben, und die Schwachheit auf sich genommen hat, um unsere Liebe zu gewinnen.

Hey, soll ich dir was sagen? Deine Makel sind wie neonfarbene Pfeile, die auf Jesus hinweisen. Er schuf diese Makel, damit du dich vom Rest der Welt abhebst. Sie sind dazu da, dass wir uns daran erinnern, dass wir schwach sind und er stark ist.

Ich weiß, dass du nicht perfekt bist. Das bin ich auch nicht. Aber Gott möchte, dass wir uns über das freuen, was die Welt um uns herum als Unvollkommenheiten bezeichnet. Unsere Makel sind kein notwendiges Übel, das eben dazugehört. Wir sind wertvoll, weil wir unvollkommen sind.

Meine Gedanken

1. Was würdest du als deine Makel bezeichnen?

2. Welche Persönlichkeiten aus der Bibel findest du total inspirierend? Was sind ihre Makel? Und weißt du auch, wie Gott ihre Schwächen für seine Sache gebraucht hat?

3. Wie kann Gott deine Makel zu etwas Gutem gebrauchen? Hast du eine Idee?

Kapitel 8:

Aber warum kann ich nicht so aussehen wie sie? Strategien für ein erfolgreiches Vergleichsspiel

Wenn ich unter Menschen bin, spiele ich seit Jahren gerne eine Art Spiel. Es heißt „dicker oder dünner". Die Regeln sind ganz einfach. Ich beobachte die Frauen um mich herum und teile sie dann ein in „dicker" oder „dünner" als ich. Selbst im Kino oder an der Supermarktkasse versuche ich, innerhalb kürzester Zeit herauszufinden, ob ich eher zu den „Dicken" oder den „Dünnen" gehöre. Ständig frage ich mich: „Bin ich dicker oder dünner als sie?"

Früher hat mein Mann dieses Spiel mitgespielt. Das Resultat war faszinierend. Fast jedes Mal lautete mein Urteil, dass die anderen Frauen dünner sind als ich. Mein Mann kam meistens zum gegenteiligen Schluss. In der Regel war er der Meinung, dass die Frauen um mich herum schwerer waren als ich. Natürlich ist er nicht dumm. Er weiß, dass es sich nicht gehört, in Gegenwart seiner Frau auf andere Frauen zu deuten, die attraktiver sind als sie. Aber in den meisten Fällen war er ehrlich und sagte das, was er auch wirklich dachte. Wir sprachen also beide von denselben Frauen, nahmen sie aber völlig unterschiedlich wahr. Seine Auffassung war objektiv. Mein Blick war getrübt von meinem Bedürfnis, mich mit anderen zu vergleichen. Die Makel der anderen Frauen ignorierte ich. Ich tat so, als seien sie vollkommen und verglich dann jeden Makel, den ich an mir finden konnte, mit ihnen.

Dieses Vergleichsspiel kommt dir sicherlich bekannt vor, nicht wahr? Vielleicht machst du dir permanent Gedanken, ob die anderen Mädchen wohl intelligenter, beliebter oder sportlicher sind als du. Möglicherweise stehst du in einem ständigen Konkurrenzkampf mit einem deiner Geschwister oder mit den makellosen Berühmtheiten, die auf den Titelseiten der Zeitschriften abgebildet sind. Oder du hältst unentwegt Ausschau nach anderen, die größer oder kleiner, besser oder schlechter gekleidet oder mehr oder weniger talentiert sind als du.

Der unwiderstehliche Drang, sich mit anderen zu vergleichen, scheint eine Veranlagung bei uns Frauen zu sein. Die meisten Mädchen beherrschen diese „Kunst" tatsächlich meisterhaft. Die Welt um uns herum drängt uns geradezu zu diesem Spiel. Zeitschriften sind dafür bestens geeignet. Für knapp vier Euro pro Ausgabe kann man vergleichen, welcher Star am besten gekleidet, wer dicker oder dünner ist oder wer die letzte Promihochzeit noch toppen kann. Es gibt Rätselseiten, auf denen man herausfinden kann, wie klug, witzig oder romantisch man ist. Die Frage ist nur, im Vergleich mit wem? Die meisten von uns haben sicherlich schon bemerkt, dass bei den „Vergleichsspielchen" hinterher ein Gefühl der Unzufriedenheit zurückbleibt. Oder schlimmer noch – durch das Vergleichen fühlen wir uns oft tief verletzt.

In einer Zeitschrift, die ich kürzlich gelesen habe, schrieb eine Leserin an den Psychologen Dr. Phil, welche schädlichen Auswirkungen diese Gewohnheit auf sie hatte:

„Im Vergleich zu meinen Schwestern werde ich das Gefühl nicht los, eine Versagerin zu sein. Obwohl ich weiß, dass ich mich nicht mit anderen vergleichen sollte, habe ich mein ganzes Leben lang versucht, meine Schwestern nachzuahmen und wollte immer, dass sie stolz auf mich sind ... Ich will dieses Gefühl von Eifersucht und Unzulänglichkeit nicht mehr."[1]

Diese Frau war in eine Falle gelaufen, in die ich selbst schon oft getappt war. Sie benutzte die Frauen in ihrem Umfeld als Maßstab und entschied, dass sie nicht mit ihnen mithalten konnte. Die Folge waren Eifersucht und Minderwertigkeitsgefühle. Vermutlich war auch das Verhältnis zu ihren Schwestern angespannt. Vielen von uns geht es ähnlich; wir sind gefangen von dem Drang, uns ständig mit anderen vergleichen zu müssen.

Diese Falle ist gefährlich. Wenn wir den Blick auf die Menschen um uns herum richten, sind wir mit unseren Gedanken nicht mehr bei den Maßstäben Gottes. Sehr zerstörerisch wirkt es sich auch aus, wenn wir das Gefühl haben, dass wir die Einzigen sind, die so empfinden und reagieren, und dass außer uns keiner das Gefühl hat, nicht mithalten zu können.

Mit dieser Lüge müssen wir uns einmal näher befassen. Unser Bedürfnis, Vergleiche mit anderen anzustellen, ist nicht erst im einundzwanzigsten Jahrhundert entstanden. Das ist nicht einfach nur eine Folge davon, dass die Medien irgendein Schönheitsideal propagieren, dem keiner gerecht werden kann. Wenn wir die Bibel lesen, sehen wir, dass dort viele mit demselben Problem zu kämpfen hatten. Die Folgen waren oft verheerend. Gleichzeitig wird aber auch deutlich, dass Gottes Wahrheit der Schlüssel ist, der uns aus diesem Schlamassel befreien kann.

Du kennst die Story von Adam und Eva sicherlich sehr gut. Im Garten Eden waren es nicht die Medien, sondern der Teufel in Gestalt einer Schlange, der den Menschen weismachen wollte, sie müssten sich mit anderen vergleichen – insbesondere mit Gott. Das Tier schlich sich heran und zischte: „Ihr werdet nicht sterben! Gott weiß, dass eure Augen geöffnet werden, wenn ihr davon esst. *Ihr werdet sein wie Gott* und das Gute vom Bösen unterscheiden können" (1. Mose 3,4).

„Ihr werdet sein wie Gott."

„So wie du bist, bist du nicht gut genug."

„Du musst so werden wie XY."

Das sind die grundlegenden Botschaften dieser Lüge. Eva hatte alles, was sie brauchte und was sie sich wünschen konnte. Doch als sie sich umsah und merkte, dass Gott etwas besaß, das sie nicht hatte – nämlich Weisheit –, ließ sie sich auf das Vergleichsspiel ein. Kurz darauf beging sie den ersten Fehler.

Auch Kain, der älteste Sohn von Adam und Eva, tappte in die Sich-mit-anderen-vergleichen-Falle. Als er und sein Bruder Abel jeder für sich Gott ein Opfer brachten, schielte er heimlich zu Abel hinüber. „Welches Opfer wird Gott wohl besser gefallen – meins oder das meines Bruders?", dachte er bei sich. Ihm gefiel ganz und gar nicht, als er merkte, dass Gott Abels Opfergaben offenbar besser gefielen, und das machte ihn so wütend, dass er seinen Bruder kurzerhand umbrachte (siehe 1. Mose 4,4–8).

Und es lassen sich in der Bibel noch viele weitere Geschichten entdecken, in denen das Sich-mit-anderen-Vergleichen zu keinem guten Ende führte. Im Alten Testament wird an anderer Stelle von den Frauen Sarai und Hagar erzählt. Sarai war neidisch auf ihre Magd Hagar, weil diese im Gegensatz zu ihr Kinder bekommen konnte – beide wurden schließlich so eifersüchtig aufeinander, dass sich eine tiefe Wurzel der Bitterkeit in ihren Herzen ausbreitete. Die Folge war, dass ihre Familie sich trennte (1. Mose 16,1–12). Selbst unter den Jüngern Jesu gab es Streit, weil sie sich miteinander verglichen. Sie stritten sich darüber, wer denn der Größte unter ihnen sei (siehe Markus 9,33–34).

Warum sind „Vergleichsspielchen" so destruktiv? Die Antwort wird deutlich, wenn man sich anschaut, wozu das Sich-mit-anderen-Vergleichen führt: zu Neid, Streit, Hass, Verbitterung und einem angekratzem Selbstwert. Eva verlor dadurch sogar ihr Zuhause im Garten Eden. Und was vielleicht das Schlimmste war: Ihre vertraute Beziehung mit Gott hatte einen heftigen Knacks bekommen. Nichts war mehr so wie vorher.

Sich-Vergleichen endet sehr oft mit einem Scherbenhaufen: Übrig bleiben zerbrochene Herzen und kaputte Beziehungen.

Wenn wir uns mit unseren Geschwistern, Freunden oder mit Promis vergleichen, dann hat das immer negative Folgen. Doch unser Maßstab sollten nicht andere Menschen sein, sondern Gott. Denn er vergleicht uns nicht mit anderen, weil er unser Schöpfer ist und jeden von uns einzigartig gemacht hat. Wenn er unseren Wert bestätigt, ist das mit Gold nicht zu bezahlen. Wenn wir uns lieber von Menschen bewundern lassen wollen, anstatt uns darum zu bemühen, von Gott bestätigt zu werden, haben wir die falschen Maßstäbe an unser Leben angelegt. Aber der Maßstab für unser Leben sind nicht die Freundin, die große Schwester, die Klassenbeste und auch nicht die

DSDS-Superstars oder die Covergirls der Zeitschriften, sondern der Maßstab ist das, was Gott sieht, wenn er uns anschaut.

Wenn wir uns mit anderen vergleichen, hat das noch eine weitere negative Auswirkung: Es fördert den Stolz in uns, das heißt, wir beschäftigen uns dann mehr mit unserem Ego anstatt mit Gott und unseren Mitmenschen. In der Bibel steht sehr viel über das Thema Stolz. „Stolz kommt vor dem Verderben und Hochmut vor dem Fall“, heißt es zum Beispiel in Sprüche 16,18.

Und noch ein weiterer Punkt ist wichtig. Bist du schon einmal auf die Idee gekommen, dass das Sich-mit-anderen-Vergleichen gegen eines der Zehn Gebote verstößt, in dem steht, dass wir nicht auf das schielen sollen, was andere haben? Bestimmt noch nicht, oder? In dem Gebot heißt es wörtlich:

„Du sollst den Besitz deines Nächsten nicht begehren: Weder sein Haus, seine Frau, seinen Sklaven, seine Sklavin, sein Rind, seinen Esel oder sonst etwas, das deinem Nächsten gehört“ (2. Mose 20,17).

Begehren heißt, dass man ein heftiges Verlangen nach etwas hat, das einem anderen gehört. Heute gehören dazu bestimmt nicht die Dinge, die in 2. Mose 20,17 aufgezählt werden. (Ich kann mich nicht erinnern, dass ich mir irgendwann einmal ein Rind gewünscht habe, oder dass ich unbedingt einen Sklaven oder eine Sklavin haben wollte. Du etwa?) Damit sind wir aber nicht aus dem Schneider. Wie wäre es denn, wenn in dem Vers stände: „Du sollst dir nicht wünschen, so beliebt zu sein wie die anderen Mädchen aus deiner Schule.“ Oder: „Du sollst dir nicht die Talente wünschen, die ich anderen gegeben habe“? Was wäre, wenn Mose in prophetischer Voraussicht geschrieben hätte: „Verbringe nicht deine Zeit damit, dir haufenweise Zeitschriften anzusehen und dir dann zu wünschen, so auszusehen wie die Frauen, die darin abgebildet sind“? Damit hätte er mich jedenfalls voll erwischt.

Wie bereits gesagt, Vergleichen ist kein harmloses Spielchen. Aber verliere nicht den Mut, wenn du immer wieder darauf reinfällst. Hier gibt es ein paar Strategien, die dir helfen können, gegen diesen Drang anzukämpfen.

Schritt 1: Komm auf den Boden der Tatsachen zurück.

Die gute Nachricht ist: Du hast bereits einen Riesenschritt getan, um diese üble Gewohnheit loszuwerden. Wenn du die schädlichen Folgen des Sich-Vergleichens und die Auswirkungen von eifersüchtigen und kritischen Gedanken erkennst, bist du deinem Ziel schon ein ganzes Stück nähergekommen.

Schritt 2: Suche dir einen neuen Maßstab.

Dr. Phils Rat an die Leserin, die nicht aufhören konnte, sich mit ihren Schwestern zu vergleichen, war einfach: „Gebrauche nicht ihre Maßstäbe, um daran deinen eigenen Wert zu messen.“[2] Er hatte absolut recht. Miss dich nicht mit den Maßstäben anderer. Sei fest entschlossen, deinen Wert an Gottes Maßstäben zu messen. Wie er über dich und deinen Körper denkt, kannst du in der Bibel nachlesen. Du bist eine wunderschöne Tochter des Königs aller Könige. Du bist gut, so wie du bist, und deine Schönheit ist die Krone der Schöpfung.

Jesus fordert uns aber auch auf, gewisse Dinge in unserem Leben zu ändern. Zum Beispiel unser Denken und bestimmte Verhaltensweisen. Wenn wir nah an ihm dranbleiben, wird der Heilige Geist in unserem Leben etwas Gutes hervorbringen: „Wenn dagegen der Heilige Geist unser Leben beherrscht, wird er ganz andere Frucht in uns wachsen lassen: Liebe, Freude, Frieden, Geduld, Freundlichkeit, Güte, Treue, Sanftmut und Selbstbeherrschung.“ (Galater 5,22–23).

Schritt 3: Tanke auf bei Gott.

Wenn wir auf die Maßstäbe Gottes schauen und nicht mehr auf die der Menschen um uns herum, werden wir erleben, dass wir zufriedener werden. Zufriedenheit entsteht, wenn wir uns das zu Herzen nehmen, was Gott über uns sagt. Allein das ist es, was zählt. Meine Augen können sich auf das Ziel konzentrieren, weil ich annehmen kann, wer ich in Jesus bin. Ich weiß, dass er bis über beide Ohren in mich verliebt ist. Kein menschlicher Maßstab lässt sich mit seiner genialen Wahrheit vergleichen! Deshalb rate ich dir, immer wieder mit Gott ins Gespräch zu kommen – damit er dir sagen kann, wie genial er dich findet.

Meine Gedanken

1. Bei welchen deiner körperlichen oder charakterlichen Merkmale kommst du am stärksten in Versuchung, dich mit anderen zu vergleichen? Mit wem vergleichst du dich am häufigsten?

2. Beschreibe möglichst konkret die Konsequenzen, die sich aus deinem Vergleichsspiel ergeben haben. Wie fühlst du dich, wenn du wieder mal in die Falle getappt bist?

3. Wer oder was kann dir helfen, dein Vergleichsdenken zu stoppen?

Kapitel 9:

Das Dilemma mit der Körperwahrnehmung: Verzerrte Wahrnehmungen und ein verzerrtes Spiegelbild

Wenn ich darüber nachdenke, wann ich die größten Identitätsprobleme und am meisten mit meinem Aussehen zu kämpfen hatte, fällt mir überraschenderweise auf, dass das gerade zu dem Zeitpunkt war, als ich eigentlich am dünnsten war.

Als ich noch knapp 23 Kilo weniger wog als jetzt und die zierliche Konfektionsgröße 34 trug, da war ich dem weltlichen Schönheitsstandard so nah wie noch nie. Allerdings sah ich das zu diesem Zeitpunkt ganz anders. Jeden Morgen, wenn ich in den Spiegel schaute, war ich mir sicher, dass der Spiegel mir einen Streich spielte. Andere bemerkten, dass ich dünner wurde, aber ich selbst konnte das einfach nicht erkennen. Das, was ich glaubte zu sehen, entsprach nicht der Wirklichkeit.

Ich weiß, dass ich nicht die Einzige bin, die mit einer gestörten Körperwahrnehmung zu kämpfen hat. Viele Mädchen und junge Frauen haben ebenfalls eine falsche Sicht auf den eigenen Körper. Doch irgendwann ist mir klar geworden: Diese verzerrte Wahrnehmung kann weitreichende Folgen haben.

Vielleicht fragst du dich jetzt, was „Körperwahrnehmung" ist. Es geht dabei nicht um deine Konfektionsgröße und Körperform, sondern eher darum, wie du dich selbst wahrnimmst, wenn du in den Spiegel schaust, wie du über deine Figur und dein Aussehen denkst und was du glaubst, was andere darüber denken. Mit anderen Worten: Körperwahrnehmung ist etwas ganz Subjektives. Sie zeigt an, wie du dich in deinem eigenen Körper fühlst.

Wenn wir Schwierigkeiten damit haben, Gottes Sicht auf unsere Schönheit zu bejahen, ist es wichtig, an einer gesunden Körperwahrnehmung zu arbeiten. Viele Mädchen, die sich nicht hübsch finden, haben eine verzerrte Einstellung zu ihrem Körper.

Wie findest du am besten heraus, ob deine Meinung von deinem Körper der Wirklichkeit entspricht? Mit ein paar Tests kannst du klären, wo du stehst.

Hol deine Stifte raus

Nimm dir ein paar Minuten Zeit und zeichne ein Selbstporträt. Nein, keine Sorge: Hier werden nicht deine künstlerischen Fähigkeiten bewertet. Bei dieser Aufgabe geht es einfach nur darum, wie du deinen Körper wahrnimmst. Achte auf alle körperlichen Details. Zeichne so gut du kannst, dich selbst – deine Körperproportionen –, so wie du sie siehst. Dann mach eine zweite Skizze und zeichne dich so, wie du gern sein willst. Anschließend vergleiche deine zwei Zeichnungen miteinander: Stellst du einen Unterschied fest? Suche ein aktuelles Foto von dir heraus und lege es neben deine erste Zeichnung. Stimmen die Proportionen auf deinem Bild mit dem Foto überein? Bist du dünner oder dicker?

Die nächste Aufgabe fällt dir vielleicht ein wenig schwerer. Suche dir eine Person, der du vertrauen und mit der du ehrlich reden kannst und frage sie, ob sie deine erste Zeichnung für zutreffend hält, und bitte sie, dir auch etwas über deine zweite Zeichnung zu sagen. Die Person sollte nicht in deiner Altersgruppe sein, denn Freunde neigen oft dazu, uns nur das zu sagen, was wir gerne hören möchten. Finde jemand, der vertrauenswürdig und ein wenig älter ist als du, wie z. B. ein Mentor, ein/e Lehrer/in oder auch deine Mutter.

Was hat diese Person gesagt? Fand sie deine Zeichnung Nummer eins realistisch oder hat sie Unstimmigkeiten festgestellt? Hast du dich dicker oder größer gemalt als du tatsächlich bist, oder hast du deine Makel zu stark übertrieben dargestellt? Wenn ja, hast du vielleicht Probleme mit einer verzerrten Körperwahrnehmung.

Kleiner Wahrnehmungstest

Bist du bereit für ein paar Testfragen zu deiner Körperwahrnehmung? Beantworte die folgenden Fragen einfach mit Ja oder Nein.

	Ja	Nein
Vergleichst du deinen Körper mit dem deiner Freunde und schneidest selbst dabei jedes Mal schlechter ab?		
Fällt es dir schwer, in einen Ganzkörperspiegel zu schauen?		
Trägst du oft „Schlabberklamotten", um darin deinen Körper zu verstecken?		
Hast du dir schon einmal gewünscht, nicht zur Schule oder zur Arbeit gehen zu müssen, weil du dich wegen deines Körpers geschämt hast?		
Lässt du dich nur ungern fotografieren?		
Wenn du dich selbst im Spiegel betrachtest, konzentrierst du dich dann hauptsächlich auf die Stellen, die dir nicht gefallen?		
Gehst du Spiegeln aus dem Weg?		
Ist es dir unangenehm, wenn andere dir ein Kompliment wegen deines Aussehens machen?		
Wenn du dir ein Modemagazin ansiehst, bekommst du dann Komplexe hinsichtlich deines Aussehens?		
Gibt es Menschen, mit denen du gerne deinen Körper tauschen würdest?		

Wenn du viele oder sogar alle Fragen mit Ja beantwortet hast, hast du wahrscheinlich eine verzerrte Körperwahrnehmung. Wichtig ist, dass du weißt, dass du damit nicht alleine bist. Viele Frauen nehmen sich ganz anders wahr, wenn sie in den

Spiegel sehen. Und nicht wenige von uns sind in die Falle geraten, dass sie ihre eigenen Makel so sehr übertreiben, dass sie ein extrem unrealistisches Bild von ihrem Körper entwickeln.

In einer Studie haben sich Wissenschaftler mit der Häufigkeit der verzerrten Körperwahrnehmung beschäftigt. Die Zeitschrift „Psychology Today“ führte eine Umfrage unter 4.000 Lesern durch. Danach waren 56 Prozent der Frauen und 43 Prozent der Männer unzufrieden mit ihrem äußerlichen Erscheinungsbild. Zwei Drittel der Frauen und über die Hälfte der Männer, die angaben, dass sie im Großen und Ganzen mit sich zufrieden sind, klagten über Unzufriedenheit mit ihrem Gewicht. 89 Prozent der befragten Frauen gaben an, dass sie abnehmen wollten. Lediglich 3 Prozent wünschten sich eine Gewichtszunahme, und nur 8 Prozent gaben an, dass sie ihr Gewicht nicht verändern wollten.[1]

Gut die Hälfte der jungen Frauen geben an, dass sie mit ihrem Körper unzufrieden sind. Experten schätzen jedoch, dass nur 15 bis 20 Prozent von ihnen tatsächlich übergewichtig sind.[2]

Daraus lässt sich der Rückschluss ziehen, dass ein Großteil der Frauen ihre Unzufriedenheit aus einer Wahrnehmung ihres Körpers ziehen, die nicht der Realität entspricht.

Wissenschaftler haben herausgefunden, dass unsere Körperwahrnehmung besonders durch eine falsche Einschätzung unseres Gewichts verzerrt wird. Ihre Forschungen haben gezeigt, dass mehr als die Hälfte der Frauen auch ihre Körpermaße (also Größe und Proportionen) falsch einschätzen. Eine Studie an der Londoner *St. George's Hospital Medical School* bestätigt diese Ergebnisse. Sie baten eine Gruppe von Frauen, die Größe einer Kiste einzuschätzen. Fünfzig Frauen mit durchschnittlichen Körpermaßen gaben die richtige Größe an. Aber als dieselben Frauen gebeten wurden, ihre eigenen Maße zu schätzen, stuften sie ihre Taille um 25 Prozent und ihren Hüftumfang um 16 Prozent größer ein.[3]

Mit welchem Ergebnis dieser Studie kannst du dich am ehesten identifizieren? Gehörst du zu den Frauen, die mit ihrem Körper unzufrieden sind, obwohl sie gesund und normal aussehen? Musst du zugeben, dass du dich für schwerer gehalten hast, als du in Wirklichkeit bist? Übertreibst du immer, wenn es um deine Makel geht?

Wenn wir uns zwanghaft mit unserem eigenen Körper und unserem Aussehen beschäftigen, hat das zerstörerische Auswirkungen. Oft kommt aber noch hinzu, dass unsere Wahrnehmung dahingehend verzerrt wird, dass uns unsere Sichtweise auf unseren Körper eine falsche Wahrheit vorspiegelt. Hast du jemals deiner inneren Stimme geglaubt, dass du die einzige Frau der Welt bist, die mit ihrem Körper zu kämpfen hat? Hast du dich von dieser Stimme überzeugen lassen, dass du dicker bist als es tatsächlich der Fall ist? Lass dich noch einmal daran erinnern, dass es sich hierbei um Lügen handelt, denen du auf den Leim gegangen bist. Ich wiederhole es noch einmal: Gott, der die Wahrheit ist, sagt uns, dass wir schön, wertgeschätzt und bis ins kleinste Detail so von ihm geschaffen sind, wie er sich uns vorgestellt hat.

Die folgenden vier Schlüsselwahrheiten sollen dir helfen, dass sich Gottes Wahrheiten in diesem Bereich deines Lebens entfalten können.

Die 1. Wahrheit: Das gesellschaftliche Körperideal entspricht nicht der Realität.

Unsere Sichtweise auf unseren Körper ist nicht ohne Grund verdreht. Die Medien überfluten uns mit Vorbildfiguren, denen wir in keinster Weise entsprechen. Der Körper, der in unserer Gesellschaft als ideal gilt, ist so dünn und perfekt proportioniert, dass wir es nie schaffen werden, so auszusehen wie die Models.

In einer Werbekampagne von *Body Shop* heißt es: „Drei Milliarden Frauen weltweit – und nur acht sehen aus wie Supermodels!“ Trotzdem mühen wir uns ab, so auszusehen wie eine von diesen acht Frauen! Unser Spiegelbild hat absolut keine Ähnlichkeit mit den Models, die auf den Titelblättern der Zeitschriften und in der Werbung zu sehen sind. Unsere Haut ist nicht perfekt. Unserer Maße stimmen nicht mit denen überein, die wir auf den Plakatwänden sehen. Unsere Frisur sitzt nicht immer so, wie sie sollte. Das soll uns dann zu dem Schluss führen, dass mit uns irgendetwas nicht stimmt. In Kapitel 6 hast du ja bereits gelesen, dass die Darstellungen in den Medien eine fette Lüge sind. Jedes Foto wird retuschiert, mit Bildbearbeitungsprogrammen aufgemotzt und so verändert, dass nur noch ein kleiner Rest übrig bleibt, den man tatsächlich als realistisch bezeichnen kann. Es ist total wichtig, dass du erkennst, dass deine Körpermaße niemals den Idealen unserer Gesellschaft entsprechen können. Sie sind kein Abbild von dir, deinem Körper oder deiner Schönheit. Glaube dieser Lüge nicht!

Die 2. Wahrheit: Eine falsche Körperwahrnehmung kann weitreichende Folgen haben.

Wenn wir unaufhörlich auf unsere Schwachstellen fixiert sind, kann das verheerende Konsequenzen haben. Ein verzerrtes Körperselbstbild führt aller Wahrscheinlichkeit nach auch zu Essstörungen. Außerdem steht ein negatives Körperbild oft in Zusammenhang mit einem niedrigen Selbstwertgefühl, Depressionen, sexuellen Störungen und ungesunden Gewohnheiten.

Aus eigener Erfahrung weiß ich, dass alle diese genannten Dinge auch dramatische und negative Auswirkungen auf unsere Beziehungen und auf unser Leben mit Jesus haben können. Fallen dir dazu Beispiele aus deinem eigenen Leben ein? Bist du Freundschaften und Beziehungen aus dem Weg gegangen, weil du dich wegen deines Aussehens geschämt hast? Warst du so sehr mit deinem Körper beschäftigt, dass du dadurch dein geistliches Leben vernachlässigt hast? Haben andere sich von dir zurückgezogen, weil sie von deiner falschen Körperwahrnehmung irritiert sind?

Egal, in welchem Bereich unseres Lebens wir auf Lügen hereinfallen: Es ist *immer* eine gefährliche Sache. Gehen wir aber Lügen auf den Leim, die unseren Körper, unsere Schönheit und unser wahres Ich betreffen, kann das sogar verheerend sein.

Die 3. Wahrheit: Dein Bild über deinen Körper gehört zu dem, was du an deine Kinder weitergibst.

„Mir war einfach nicht bewusst, dass sich meine Gefühle über mein Aussehen auf euch Mädchen übertragen würden", erklärte meine Mutter, nachdem wir wieder einmal über meine Gewichtsprobleme diskutiert hatten. Meine Schwester Nikki und ich haben beide mit einer falschen Körperwahrnehmung zu kämpfen. Obwohl wir beide natürlich selbst verantwortlich dafür sind, wie wir zu unserem Körper stehen, war doch das Vorbild unserer Mutter sehr ausschlaggebend.

Ein paar Tage nach diesem Gespräch gab es eine weitere Familiendebatte.

„Bitte sag nicht Nein, Jason", flehte ich. „Es schadet doch niemandem." Zum x-ten Mal bettelte ich meinen Mann Jason an, mir die Hautlappen über meinen Augenwinkeln wegoperieren lassen zu dürfen. Ich war überzeugt, dass dieser kleine Eingriff mein Aussehen absolut verbessern und ich danach keine Probleme mehr mit meinem Gesicht haben würde.

Jasons Antwort verblüffte mich.

„Wenn es das ist, was du willst, dann mach es. Aber ich glaube, es hätte dramatische Auswirkungen auf dich als Frau", wandte er ein. „Du würdest eine ziemlich deutliche Botschaft rüberbringen, die du bestimmt nicht übermitteln willst."

Er hatte absolut recht. Und das trifft auch auf alle Bereiche deines Aussehens zu, die du für minderwertig und fehlerhaft hältst. Mit deiner Sichtweise von dir selbst hast du Einfluss auf andere. Es hat Auswirkungen auf deinen Freundeskreis und auf die Menschen, denen du etwas von deinem Glauben an Jesus erzählen willst. Außerdem wird dadurch deine Fähigkeit beeinflusst, eine Ermutigung für andere zu sein.

Und eines Tages wird es auch einen enormen Einfluss auf deine Kinder haben.

Unsere Sichtweise auf unseren Körper wird in den meisten Fällen in unserer Familie geprägt. Oft kommt es in Familien vor, dass man sich nicht so annehmen kann, wie man ist. Dies kann sich zu einem echten Generationsproblem entwickeln. Aber wie wäre es, wenn *wir* beschließen, diesen Teufelskreis zu durchbrechen? Warum schließen wir Frauen uns nicht zusammen und kämpfen gemeinsam gegen das falsche Schönheitsbild, das uns von unserer Gesellschaft aufgedrängt wird? Was würde passieren, wenn wir allen Mut zusammennähmen und uns mit neuen Augen im Spiegel betrachteten? Wenn wir bereit wären, genau hinzusehen und das, was wir sehen, auch zu lieben? Was wäre dann *unser* Erbe, das wir an unsere Kinder weitergäben? Hast du Lust, die Antworten darauf gemeinsam mit mir herauszufinden?

Die 4. Wahrheit: Eine verzerrte Körperwahrnehmung ist eine Täuschung, gegen die wir uns wehren müssen.

Je mehr wir die Lügen über unsere Schönheit und unseren Wert entlarven und Stück für Stück durch die Wahrheit ersetzen, desto leichter fällt es uns, die Botschaft anzunehmen, die Gott für uns hat, nämlich, dass wir schön und begehrenswert sind, und dass Gott uns über alles liebt. Dasselbe trifft auch auf unsere Körperwahrnehmung zu. Wenn wir uns einfach mit unserer verzerrten Wahrnehmung zufriedengeben, ist das nichts anderes, als wenn wir einer Lüge über uns Glauben schenken. Gott möchte, dass wir seine Wahrheit erkennen und dass wir uns so sehen, wie er uns sieht und wie wir wirklich sind.

Aber allein zu erkennen, dass Gottes Sicht auf uns und unseren Körper der Wahrheit entspricht, reicht noch nicht. Wir müssen auch selbst aktiv werden, wenn uns klar geworden ist, dass wir einer Täuschung auf den Leim gegangen sind. Lies mal, was in Jakobus 1,22–25 steht:

Aber es reicht nicht, nur auf die Botschaft zu hören – ihr müsst auch danach handeln! Sonst betrügt ihr euch nur selbst. Denn wer ihr nur zuhört und nicht danach handelt, ist wie ein Mensch, der sich im Spiegel betrachtet. Er sieht sich, geht weg und vergisst, wie er aussieht. Wer aber ständig auf das vollkommene Gesetz Gottes achtet – das Gesetz, das uns freimacht – und befolgt, was es sagt, und nicht vergisst, was er gehört hat, den wird Gott segnen.

Besonders schlagkräftig ist diese Bibelstelle, wenn wir sie auf die Wahrnehmung unseres Körpers übertragen. Wenn wir hören, was Gott sagt und dann nicht handeln, dann sind wir wie ein Mensch, der vergisst, wie er wirklich aussieht. Beschreibt dieser Vers nicht genau das, was viele von uns jahrelang durchlebt haben? Wir glauben unserem eigenen Spiegelbild nicht. Stattdessen sind wir auf ein Körperbild fixiert, das nicht der Wirklichkeit entspricht. Gottes Wort führt uns eindringlich die Wahrheit über unser Aussehen vor Augen. Unser Körper wurde nach Gottes Ebenbild und ganz bewusst so geschaffen, wie er ist. Gott kennt unsere Körpergröße und -form ganz genau. Sie sind ein Beweis für seine Kreativität und zeigen, wie sorgfältig er sich mit jedem Detail unseres Seins beschäftigt hat. Egal, wie viel wir wiegen oder welche Figur wir haben, wir sind das Werk eines liebenden Gottes, der mit uns in einer Beziehung leben will.

Wir sollen diese Wahrheiten nicht nur hören und dann einfach zur Tagesordnung übergehen. In 2. Korinther 10,5 werden wir aufgefordert, „jeden Gedanken, der sich gegen Gott auflehnt, gefangenzunehmen und dem Befehl von Christus zu unterstellen“ (GN). Dazu gehören auch alle Gedanken über unseren Körper und unser Aussehen. An einer anderen Stelle in der Bibel heißt es: „Bei allem, was ihr tut, hütet euch vor Nörgeleien und Zweifel“ (Philipper 2,14; Hfa). „Bei *allem*“ bedeutet, dass wir uns auch über unser Aussehen nicht beschweren sollten.

Sieh dich einmal ganz genau im Spiegel an. Was du dort siehst, ist das wunderschöne Werk eines liebenden Gottes. Lass es zu, dass die Wahrheit über deinen Wert und deine Schönheit deine Wahrnehmung verändert. Nimm dir die Freiheit, dich selbst und deinen Körper als ein Werk zu bewundern, das Gott mit eigenen Händen erschaffen hat. Sieh dich an und lächle. Nimm einen tiefen Schluck aus der Quelle der Wahrheit und erkenne, dass du wunderschön bist, so wie du bist. Weigere dich, den Wunsch Gottes zu vergessen – seinen Wunsch für dich, dass du seine Wahrheit erkennst und nicht mehr auf die Lügen hörst.

Meine Gedanken

1. Entspricht deine Sicht auf deinen Körper der Wirklichkeit? Inwiefern hast du dein äußeres Erscheinungsbild falsch gedeutet?

2. Welche Botschaft übermittelst du anderen durch deine Körperwahrnehmung?

3. Was kannst du unternehmen, um eine gesündere Selbstwahrnehmung zu bekommen?

Kapitel 10:

Gestörtes Essverhalten: Finde das richtige Maß

Meine Sehnsucht, mich schön zu fühlen, hatte auch körperliche Auswirkungen, die schließlich in einer Essstörung endeten. Ich aß fast nichts mehr und machte Sport bis zum Umfallen. Durch körperliche Aktivitäten versuchte ich, mich von meiner inneren Unzufriedenheit abzulenken. Vielleicht geht es dir genauso. Laut einer Studie des Robert-Koch-Instituts mit über 17.000 Teilnehmern zwischen 11 und 17 Jahren waren fast 30 Prozent der Mädchen von Essstörungen wie Magersucht, Ess-Brech-Sucht oder Fettsucht betroffen. Bei Jungen waren es noch 15 Prozent.[1]

Experten berichten von einem Anstieg der Fälle von Magersucht seit 1930 – bei Frauen im Alter von 15 bis 19 Jahren. Die Fälle von Bulimie haben sich in den vergangenen 15 Jahren verdreifacht.[2] Junge Frauen sterben buchstäblich für das Schönheitsideal unserer Kultur.

Diese Statistiken sind alarmierend, aber die gestörten Essgewohnheiten der meisten jungen Frauen passen nicht eindeutig in die Kategorie Magersucht oder Bulimie. Überrascht es dich zu hören, dass fast jeder von uns irgendeine Art gestörte Essgewohnheit entwickelt hat? In diesem Kapitel werde ich mehrere davon auflisten.

Jemand hat mir einmal gesagt, dass man unser Essen mit einem Tiger in einem Käfig vergleichen kann. Die eigenen Essgewohnheiten kontrollieren zu können, sei wie ein Tiger, den man in einem Käfig hält. Wir holen ihn dreimal am Tag zur Fütterung heraus und sperren ihn dann wieder weg, bis sich der Hunger wieder meldet. Ein Tiger lässt sich nicht so leicht kontrollieren und er lässt sich wahrscheinlich auch nicht einfach kampflos einsperren. Mit dem Essen kann es genauso sein. Wir müssen uns mehrmals am Tag damit beschäftigen, und doch kann unser Essverhalten schwer kontrollierbar sein.

In diesem Kapitel geht es also um einen weiteren Bereich unseres Lebens, den wir dem Einfluss Gottes unterstellen dürfen. In der Bibel (in Galater 5) steht, dass zu den „Früchten“

des Heiligen Geistes auch die Selbstbeherrschung gehört. Selbstbeherrschung ist eine wichtige geistliche Disziplin. Was das mit dem Thema Essen zu tun hat? Es ist notwendig, dass wir auch beim Essen lernen, das richtige Maß zu halten. Drehen sich deine Gedanken unablässig ums Essen? Dann ist einer der wichtigsten Schritte zur Freiheit der, dass du erkennst, dass dein Essverhalten gestört ist. Meine Essstörung konnte nicht beseitigt werden, bevor ich nicht zugab, dass ich ein Problem damit hatte. Im Laufe der Jahre haben sich dann wieder falsche Essgewohnheiten entwickelt, die zwar harmloser waren; aber ich musste auch hier wieder neu lernen zuzugeben, dass ich ein Problem hatte.

Beim Mittagessen

Stell dir vor, du würdest mit einigen meiner Freundinnen und mir zusammen zum Mittagessen ausgehen. Meine Freundinnen sind alle gesunde Mädchen, aber sie können, wie du, ihre Schönheit manchmal nicht erkennen und haben demzufolge ein gestörtes Essverhalten entwickelt. Ich will sie dir einmal vorstellen.

Da ist zunächst meine Freundin Christy, die gerne mal eine Crash-Diät macht. Christys Essverhalten ist meistens ganz gut, aber ab und zu flippt sie aus, wenn es um ihr Aussehen geht. Da muss nur jemand eine Bemerkung fallen lassen, die sie an ihrer Schlankheit zweifeln lässt. Oder sie geht an einem Spiegel vorbei, der sie unvorteilhaft erscheinen lässt. Vielleicht hat sie auch angefangen, sich mit anderen zu vergleichen. Aus welchem Grund auch immer, sie beschließt zu handeln und beginnt mit einer Diät.

In der ersten Woche macht sie die Atkins-Diät. In der zweiten Woche versucht sie, nur Obst und Gemüse zu essen. Meistens ist sie beim Abnehmen nicht besonders erfolgreich, aber durch die Diäten hat sie zumindest eine Zeit lang das Gefühl, die Kontrolle zu behalten.

Christy befindet sich in guter Gesellschaft. Bei einer vor Kurzem durchgeführten Umfrage an verschiedenen Universitäten gaben 91 Prozent der Frauen an, dass sie schon versucht haben, durch eine Diät abzunehmen. 22 Prozent machten „oft" oder „immer" eine Diät.[3] Was Christy jedoch nicht bewusst ist, ist die Tatsache, dass 35 Prozent derjenigen, die eine „normale Diät" machen, eine krankhafte Neigung zu Diäten haben (also bei ihnen Diäten schnell zu einer Sucht werden) und von diesen 35 Prozent wiederum 20 bis 25 Prozent eine Essstörung entwickeln.[4]

Dann ist da noch Linda. Sie ist wie Christy eine gesunde junge Frau. Bei ihr würde niemand vermuten, dass sie eine Essstörung hat, doch hin und wieder lässt sie eine oder zwei Mahlzeiten ausfallen. Manchmal tut sie das, weil sie sich zu dick fühlt. Wenn sie ihrem Körper Nahrung vorenthält, hat sie das Gefühl, die Kontrolle über sich zu haben. Manchmal ist sie einfach nur zu beschäftigt und vergisst zu essen. Meistens möchte sie ihre Mittagspause lieber mit Freunden verbringen, als sich eine Mahlzeit zuzubereiten und zu essen.

Aber Linda ist nicht klar, dass sie ihrem Körper Nährstoffe, die er dringend braucht, entzieht, wenn sie regelmäßig Mahlzeiten auslässt. Genau wie Christy geht auch Linda das Risiko ein, eine Essstörung zu entwickeln. Über die Hälfte aller Mädchen und fast ein Drittel der Jungen im Teenie-Alter verhalten sich wie Linda: Um ihr Essverhalten und ihren Körper zu kontrollieren, wenden sie ungesunde Maßnahmen zur Gewichtskontrolle an: Sie lassen Mahlzeiten weg, fasten, rauchen, erbrechen das eben Gegessene wieder oder nehmen Abführmittel.[5] Der Effekt führt sehr oft in eine Abwärtsspirale.

Meine Essstörungen haben sich über einen langen Zeitraum hinweg entwickelt. Zuerst ließ ich das Frühstück weg, dann das Mittagessen. Je mehr Mahlzeiten ich ausließ, desto leichter fiel es mir, damit fortzufahren. Ich dachte, ich hätte „meinen eingesperrten Tiger“ unter Kontrolle, aber es dauerte nicht lange, bis ich selbst kontrolliert wurde und nicht mehr damit aufhören konnte.

Vielleicht kennst du jemanden, der meiner Freundin Jessica ähnlich ist. Sie gehört zu den Junk-Food-Typen. Jessica macht sich nicht viele Gedanken über das, was sie isst. Ihre Ernährungsweise ist ihr ziemlich schnuppe und bei Süßigkeiten wird sie ganz einfach schwach. Wie Linda enthält auch Jessica ihrem Körper das vor, was er braucht, nur auf eine etwas andere Weise. Sie behandelt ihn jedenfalls nicht wie einen Tempel, in dem Gott wohnt.

Olivia, die immer zu viel isst und die stressgeplagte Susan haben ein ähnliches Verhältnis zum Essen. Beide trösten sich mit Essen, wenn das Leben zu hektisch wird und außer Kontrolle gerät. Olivia füllt die Leere in ihrem Herzen mit zu viel Essen. Wenn sie sich gefühlsmäßig oder geistlich ausgelaugt fühlt, sorgt sie dafür, dass sie wenigstens körperlich gesättigt ist. Sie gehört zu der wachsenden Anzahl an Betroffenen, die übergewichtig werden, weil sie alles Mögliche in sich hineinstopfen und ihre Essgewohnheiten nicht mehr kontrollieren können. Susan ist gesund wie ein Fisch im Wasser. Begegnet man ihr aber vor einer großen Prüfung oder wenn sie sich gerade in einer Beziehungskrise befindet, ist sie bestimmt gerade dabei, sich über einen großen Becher Eiscreme herzumachen. Essen ist für sie zum Bewältigungsmechanismus geworden. Anstatt ihre Sorgen mit Gott zu besprechen, hat sie die Neigung entwickelt, sich in der Eisdiele „Hilfe“ zu suchen.

Zu wem würdest du bei dieser Tischrunde am besten passen? Kannst du ein oder mehrere gestörte Essverhaltensmuster auch bei dir erkennen? Ist das Essen für dich zu einem „wilden Tier“ geworden, das du kaum noch bändigen kannst, oder zu einem Bereich deines Lebens, den du zu stark kontrollierst, während alles andere in deinem Leben durcheinandergerät?

Jesus interessiert sich für jedes Detail in deinem Leben – und dazu gehört auch die Nahrungsaufnahme. Seine Worte sind ein Leitfaden für unseren Alltag. Hast du gewusst, dass es sehr viele Bibelstellen über das Essen gibt? Ist es nicht interessant, dass die allererste Sünde, von der die Bibel erzählt, ausgerechnet mit Essen zu tun hatte? (Ja genau, das war die Sache mit der Frucht vom Baum der Erkenntnis des Guten und des Bösen.) Das erste Wunder, das Jesus vollbracht hat, hat interessanterweise auch etwas mit Essen und Trinken zu tun: Wasser wurde von ihm in Wein verwandelt. Und bevor Jesus festgenommen wurde, war es ihm wichtig, noch ein letztes Mal zusammen mit seinen Freunden zu essen. An einer anderen Stelle erinnert Jesus uns daran, dass er sich nichts mehr als ein inniges Verhältnis zu uns wünscht – und auch in diesem Zusammenhang kommt das gemeinsame Essen zur Sprache: „Siehe, ich stehe vor der Tür und klopfe an. Wenn jemand mich rufen hört und die Tür öffnet, werde ich eintreten, und wir werden miteinander essen" (Offenbarung 3,20).

Unser Essen ist ein Zeichen für die Fürsorge Gottes

Es gibt noch weitere interessante „Essens-Geschichten" in der Bibel.

Als Gott das Volk Israel aus der Sklaverei in Ägypten führte, versprach er, dass er sich um alle ihre Bedürfnisse kümmern würde. Eines der vielen Wunder, durch die er seine Fürsorge zum Ausdruck brachte, war das sogenannte Manna, das vom Himmel fiel (eine Art geheimnisvolles „Himmelsbrot"). Als Gott Manna regnen ließ, musste das Volk weder jagen noch sonstwie auf Nahrungssuche gehen. Gott sorgte für sämtliche Nahrungsmittel (siehe 2. Mose 16,14–18). Auch um unsere körperlichen Bedürfnisse kümmert er sich auf eine Weise, die nicht weniger wunderbar und verlässlich ist. Wir vergessen leicht, dass Gott für uns sorgt, wenn wir eben mal schnell in den Supermarkt gehen oder zum Drive-in fahren, wenn wir Hunger haben. Letztendlich ist es aber Gott, der unsere Nahrungsquellen erschaffen hat. Er ist der Schöpfer und Erhalter allen Lebens. In Psalm 104,14 steht: „Du lässt Gras für das Vieh wachsen und Pflanzen sprießen, zum Nutzen für die Menschen, damit die Erde ihnen Nahrung gibt." An einer anderen Stelle werden wir daran erinnert, dass wir einem guten Gott dienen und dass er alle seine Geschöpfe mit Nahrung versorgt: „Allen Geschöpfen gibt er zu essen. Seine Liebe hört niemals auf! Dankt ihm, dem Gott des Himmels! Seine Liebe hört niemals auf!" (Psalm 136,25–26; GN).

Dass Gott jeden von uns mit Nahrung versorgt, ist ein Ausdruck seiner Liebe. „Der Herr ist verlässlich in allem, was er sagt, und gütig in allem, was er tut. (...) Alle blicken voll Hoffnung auf dich und jedem gibst du Nahrung zur rechten Zeit. Du öffnest deine wohltätige Hand, und alles, was lebt, wird satt" (Psalm 145,13.15–16; GN). Der Schreiber des Buches Prediger erinnert uns daran, dass alle guten Gaben, einschließlich Essen und Trinken, aus Gottes Hand kommen. „Es gibt nichts Besseres für den Menschen, als sich an dem zu freuen, was er isst und trinkt, und das Leben trotz aller Mühe zu genießen. Doch ich erkannte, dass auch das ein Geschenk Gottes ist. Denn wie kann man sich am Essen oder Trinken freuen ohne sein Zutun?" (Prediger 2,24–25).

Als Jesus auf der Erde lebte und den Menschen diente, hat er stets dafür gesorgt, dass die Hungrigen genug zu essen bekamen. Bestimmst kennst du die Geschichte, wie Jesus auf wundersame Weise über fünftausend Menschen mit nur fünf Broten und zwei Fischen satt machte (siehe Matthäus 14,13–21). Später hatte er Mitleid mit einer Menschenmenge von mehr als viertausend Leuten. Er verwandelte sieben Brote und ein paar Fische in ein ausgiebiges Festmahl (siehe Matthäus

15,32–37). Einmal versetzte Jesus seine Jünger völlig in Erstaunen, als er dafür sorgte, dass ihnen so viele Fische ins Netz gingen, dass dieses zu reißen begann (siehe Lukas 5,1–11). Und Johannes 21,1–13 enthält einen Bericht, der von einem ähnlichen Wunder erzählt. Dieses Mal hatten sie 154 Fische gefangen. Petrus war davon so begeistert, dass er vor lauter Freude ins Wasser sprang, bevor sie die Fische überhaupt gezählt hatten! Jesus setzte noch eins obendrauf und lud seine Freunde anschließend ein, mit ihm zu frühstücken.

Unser Gott will sich gerne um unsere körperlichen Bedürfnisse kümmern, und er kann es auch. Alles, was wir haben, ist ein Geschenk aus seiner Hand. Wenn wir, was unsere Ernährung anbelangt, umdenken und unser Verhalten ändern wollen, müssen wir uns klar machen, dass unsere Nahrung ein Geschenk unseres himmlischen Vaters ist, der uns damit seine große Liebe zu uns zeigen will.

Manchmal entwickeln wir auch geistliche Essstörungen. Wir konsumieren, ohne zu verdauen, oder wir machen eine „geistliche Fastenzeit“, sodass unsere Seele bald „unterernährt“ ist. In Matthäus 5,6 steht: „Gott segnet die, die nach Gerechtigkeit hungern, denn sie werden sie im Überfluss erhalten.“ Hast du Hunger nach Jesus? Hast du Durst danach, dass er dein Leben berührt? Oder hat sich bei dir eine geistliche Essstörung entwickelt? Lass dich einmal kurz „durchchecken“:

Geistliche Bulimie

Stopfst du dich voll mit christlichen Programmen? Lässt du dich auf Wochenendfreizeiten oder am Sonntagmorgen mit geistlichen Inputs „volllaufen“ und lebst danach einfach so weiter wie bisher? Veranstaltest du lieber von

Zeit zu Zeit ein geistliches Gelage, anstatt deinen Geist regelmäßig mit dem Wort Gottes zu ernähren?

Lies mal Matthäus 13,5–6 und überlege, ob du auch so eine „dünne Erdschicht“ bist. Ohne regelmäßige „Mahlzeiten“, also die beständige Beschäftigung mit dem Wort Gottes und das regelmäßige Zusammensein mit anderen Christen wird deine Seele irgendwann verkümmern.

Geistliche Magersucht

Bist du „nüchtern“, was deine Beziehung zu Jesus betrifft? Kommt es vor, dass du wochen- oder monatelang nicht betest, dich nicht mit anderen Christen triffst oder in der Bibel liest? Dein Geist kann unmöglich gesund bleiben, wenn er von der Quelle des Lebens und der Kraft abgeschnitten wird. Magersüchtige machen sich selbst etwas vor, denn sie glauben, dass sie ohne Essen auskommen und trotzdem gesund bleiben können. Aber das funktioniert nicht. Ebenso wenig wirst du ohne die Nährstoffe, die Gott dir anbietet, geistlich vorankommen. Wachstum und Stärke erreichst du, wenn du dich von Gott erfüllen lässt. Verliere nicht den Hunger nach ihm. Iss dich regelmäßig bei ihm satt. Das ist die einzige Möglichkeit, wie du geistlich wachsen kannst.

Geistliches Stressessen

Gehörst du zu denen, die nur dann zu Jesus rennen, wenn sie vor einem schwierigen Problem stehen? Ist er dir egal, wenn alles glatt läuft, aber wenn Hindernisse auftauchen, dann denkst du plötzlich an ihn? Natürlich kann er in schwierigen Zeiten für uns sorgen. In Nahum 1,7 wird uns versprochen: „Der Herr ist gütig. In schweren Zeiten ist er eine feste Zuflucht, und er kennt alle, die bei ihm Schutz suchen." Aber Gott will, dass wir ihn zu jeder Zeit suchen, nicht nur dann, wenn wir in Schwierigkeiten sind.

Prüfe einmal dein geistliches Leben. Wenn deine geistlichen „Ernährungsgewohnheiten" gestört sind, nimm Platz an Gottes Festtafel. Lass dich von ihm sättigen, denn er allein weiß, was du wirklich brauchst.

Essen ist gut

Heutzutage scheint es in unserer Gesellschaft beim Essen nur noch um Kohlehydrate und Kalorienzählen zu gehen. Da kommt man leicht zu dem Schluss, dass das Essen unser Feind ist. Die Medien trichtern uns ein, ein schlechtes Gewissen zu haben, wenn wir etwas essen, während sie uns gleichzeitig zum Kauf ungesunder Lebensmittel verführen wollen. Wir sollen weniger Kohlehydrate zu uns nehmen, fünfmal am Tag Obst und Gemüse essen und mindestens acht Gläser Wasser trinken. Wenn wir das nicht tun, sollen wir uns schämen und geloben, es morgen oder nächste Woche oder nächstes Jahr besser zu machen. Doch lassen sich in der Bibel auch solche Ansichten finden?

Dort steht zunächst einmal, dass Essen gut ist, und dass wir es auch genießen dürfen: „Darum iss dein Brot und trink deinen Wein und sei fröhlich dabei! So hat es Gott für die Menschen vorgesehen und so gefällt es ihm" (Prediger 9,7; GN). Im Neuen Testament erklärt Jesus: „Ihr werdet nicht durch das unrein, was ihr esst; ihr werdet unrein durch das, was ihr sagt und tut" (Matthäus 15,11). Die erste Gemeinde in Rom machte sich so einen Stress damit zu bestimmen, welche Nahrungsmittel gut und welche schlecht sind, dass Paulus sich gezwungen sah, ihnen dazu einen Brief zu schreiben. Dort heißt es an einer Stelle: „Ich weiß und bin durch Jesus, den Herrn, davon überzeugt, dass nichts, was Gott geschaffen hat, unrein ist“ (Römer 14,14). Dann ermahnte er die Gemeindemitglieder, dass sie sich doch nicht um so eine Kleinigkeit wie das Essen streiten sollten. „Zerstöre Gottes Werk nicht wegen dem, was du isst“, sagt Paulus (Vers 20).

Stressfaktor Essen? So soll es nicht sein!

Das, was wir essen, bekommen wir von Gott, und von daher ist Essen etwas Gutes. Wenn wir uns wegen unserer Ernährung schuldig fühlen und deshalb frustriert sind, ist das keine harmlose Angelegenheit. Wir bewegen uns auf einem gefährlichen Pflaster, wenn wir Mahlzeiten auslassen, wahllos alles in uns reinstopfen oder ständig nur noch Kalorien zählen. Unser Körper ist ein Tempel Gottes und so sollten wir ihn auch behandeln. In der Bibel werden wir ausdrücklich dazu ermutigt, unser Essen zu genießen. Aber wir werden auch daran erinnert, dass das, was wir uns in den Mund schieben, nicht weniger wichtig ist als die Worte, die uns über die Lippen kommen.

Wenn Gott bereit und in der Lage ist, für alles zu sorgen, was wir brauchen, und wenn er Essen für etwas Gutes hält, warum sollten wir uns dann deswegen Sorgen machen oder ängstlich bei der Auswahl unserer Lebensmittel sein? Bei Jesus finden wir die Freiheit. In Matthäus 6,25–27 spricht er sehr klare Worte:

„Darum sage ich euch: Sorgt euch nicht um euer tägliches Leben – darum, ob ihr genug zu essen, zu trinken und anzuziehen habt. Besteht das Leben nicht aus mehr als nur aus Essen und Kleidung? Schaut die Vögel an. Sie müssen weder säen noch ernten noch Vorräte ansammeln, denn euer himmlischer Vater sorgt für sie. Und ihr seid ihm doch viel wichtiger als sie.

Können all eure Sorgen euer Leben auch nur um einen einzigen Augenblick verlängern? Nein."

Als ich einer Essstörung in die Falle ging, hatte ich nicht die geringste Ahnung, dass ich ein Sklave des Essens war. Meine Gedanken wurden von Schuldgefühlen und Ängsten beherrscht, und mein Verhalten war ungesund, unbefriedigend und völlig daneben. All die Menschen, die ich vorhin erwähnt habe, haben immer wieder damit zu kämpfen, dass sie sich wegen ihres Essverhaltens schämen und frustriert sind. Aber Freiheit ist in dieser Sache tatsächlich möglich! Geh zu Jesus, wenn du dich dick und unattraktiv fühlst. Er liebt dich und bewundert deine Schönheit. Wende dich an ihn, wenn du dich gestresst fühlst. Lass dir von ihm Frieden schenken, anstatt dich mit Snacks zu vertrösten. Dein Körper ist ein Tempel. Wenn du zulässt, dass diese Wahrheit tief in dein Herz dringt, wirst du ein anderes Bild von dir bekommen. Du wirst feststellen, dass das die beste Nahrung ist, die du deinem Körper und deinem Geist geben kannst.

Heute muss ich mich vor den Klauen meines „eingesperrten Tigers" nicht fürchten. Morgen habe ich vielleicht wieder damit zu kämpfen. Aber ich weiß, wo ich hingehen muss, um eine Lösung zu finden. Jesus ist in der Lage, all die „wilden Tiere" in meinem Herzen und meinem Leben zu zähmen, und er tut es auch, wenn ich jeden Tag im Gebet zu ihm komme und seiner Wegweisung für mein Leben folge. Ich bete dafür, dass du ihm erlauben kannst, dasselbe auch für dich zu tun.

Meine Gedanken

1. Erkennst du in irgendeiner Weise ein falsches Essverhalten bei dir? Wenn du dir unsicher bist, mache den Body-Check! Du findest ihn unter www.bodycheck.bzga.de. Sei ehrlich zu dir selbst. Wenn du den Test bis zum Ende durchgeführt hast, bekommst du eine ausführliche Auswertung, die dir helfen kann, deine Selbstwahrnehmung und dein Essverhalten besser einzuschätzen.

2. Machst du dir oft Gedanken ums Essen? Beschreibe genau, auf welche Weise der Gedanke ans Essen Ängste in dir auslöst.

3. Wem kannst du dich in dieser Sache anvertrauen?*

* Wenn du Probleme mit deinem Essverhalten hast oder nicht weißt, ob du schon in eine Essstörung reingerutscht bist, dann suche dir in jedem Fall Hilfe! Versuche nicht, dich am eigenen Schopf aus dem „Sumpf“ zu ziehen. Du weißt nicht so richtig, mit wem du reden kannst? Erste Anlaufstellen und die Sorgentelefonnummer von „Chris“ findest du auf Seite 189.

Kapitel 11:

Lügen, die wir glauben

Als ich auf dem College war, hatte ich eine Mitbewohnerin – ich nenne sie hier mal Linda – die sah wirklich umwerfend aus. Ich bin überzeugt davon, dass sie perfekt auf das Titelbild einer Zeitschrift gepasst hätte, so schön war sie. Sie hatte lange, lockige, dunkle Haare, eine reine Haut und eine unverschämt gute Figur. Sie war von Natur aus schlank, aber nicht dürr. Und ohne sich dafür anstrengen zu müssen, war sie mit durchtrainierten Bauchmuskeln und ein paar strammen Armen gesegnet.

Ich kann mich noch genau an einen Nachmittag erinnern, als ich von meinem Step-Aerobic-Kurs zurückkam und mit ausgeleiertem T-Shirt in mein Zimmer stürzte. Mein Kopf war rot von der Anstrengung, die Haare standen wild in alle Richtungen. Linda dagegen lümmelte vor dem Fernseher, aß Junkfood und sah einfach nur cool aus. Sie war eine natürliche Schönheit (und ist es immer noch).

Nun könnte man meinen, wer von Natur aus so schön ist, hat natürlicherweise auch ein gutes Selbstbewusstsein. Fehlanzeige! Linda schnitt genauso oft Fratzen vor dem Spiegel, wie ich es tat, und nach vielen Gesprächen bei einem großen Eisbecher machte ich eine rätselhafte Entdeckung. Meine von Natur aus schöne, schlanke Mitbewohnerin stellte ihren eigenen Wert und ihre Schönheit infrage; ihr schien überhaupt nicht bewusst zu sein, wie umwerfend sie aussah. Durch Linda ist mir allmählich ein Licht aufgegangen, was meine eigene Identität betrifft – und dir könnte es genauso gehen. Könnte es sein, dass die Ursache dieses Problems nichts mit unserem tatsächlichen Aussehen zu tun hat? Wenn so hübsche Frauen wie meine Mitbewohnerin sich in ihrer eigenen Haut nicht wohlfühlen, wäre es dann nicht denkbar, dass die Wurzel des Problems tiefer liegt?

Ich kenne andere Frauen, bei denen niemand auf die Idee kommen würde, sie auf dem Titelblatt einer Zeitschrift abzubilden. Doch ihnen scheint es nichts auszumachen, dass sie nicht dem gängigen Schönheitsideal entsprechen. Sie strahlen trotzdem ein starkes Selbstbewusstsein aus. Mir sind sie eine Bestätigung für das, was ich durch meine Mitbewohnerin gelernt habe: Egal, ob wir nun den gesellschaftlichen Schönheitsvorstellungen entsprechen oder nicht: Der Kern unserer Schönheitsprobleme liegt in unserem Innern.

In der Zeit, als ich sehr stark mit Gefühlen der Wertlosigkeit zu kämpfen hatte, schrieb ich Tagebuch. Zu dem Zeitpunkt war es mir zwar noch nicht bewusst, aber schon damals ahnte ich irgendwie, dass es einen Zusammenhang zwischen meinen Gefühlen und meiner Beziehung zu Gott geben muss.

21. Dezember 1997

Ich erwische mich immer wieder dabei, dass ich sage und auch überzeugt davon bin, wie wertlos und dumm ich doch bin. Was ist bloß passiert, dass ich ein so schlechtes Bild von mir habe? Ich weiß, dass Gott enttäuscht von mir ist.

Wenige Wochen später schrieb ich:

3. Januar 1998

Geistlich gesehen bin ich so ausgetrocknet wie eine Wüste. Ich bete, dass Gott sieht, wie kraftlos ich bin, und dass er mir bald Regen schickt.

Zurückblickend kann ich deutlich den Zusammenhang zwischen meinen Gefühlen der Wertlosigkeit und meinem inneren Ausgetrocknetsein erkennen. Wenn ich in den Spiegel schaute, sah ich meine Makel und hatte dabei das Gefühl, dass ich mich immer mehr von Jesus entfernte.

Bei den vielen Gesprächen, die ich mit jungen Frauen geführt habe, habe ich festgestellt, dass ich nicht allein dastehe. Immer wieder ist ein und dasselbe Muster erkennbar: Wenn junge Frauen nicht den Ursprung der wahren Schönheit kennen, wenn sie ihren Wert nur an gesellschaftlichen Maßstäben messen, wenn sie sich mit anderen vergleichen, ihre Identität in Jungenfreundschaften, Klamotten und Designer-Handtaschen finden, dann hat ihr geistliches Leben einen Knacks bekommen. Der Kampf mit unserem Aussehen hat für uns auch geistliche Konsequenzen.

Meine Freundin Amber (sie ist Collegestudentin und 21 Jahre alt) schreibt über ihre Schulzeit:

Meine Probleme mit meinem Selbstbild begannen in der Grundschule, als ich noch nicht wusste, dass Jesus mich glücklich machen kann. Ich war nie das süße, sportliche, dünne Mädchen, das von allen bewundert wurde. Stattdessen war ich klein und mollig und wurde von den anderen oft übersehen. Im Grunde genommen hatte ich überhaupt kein Selbstwertgefühl. Als ich in die Mittelstufe wechselte, dachte ich, es würde besser werden, aber ich hatte mich geirrt. Es wurde nur noch schlimmer, denn nun machten die älteren Schüler verächtliche Bemerkungen über mich. Bis ich endlich die Nase voll davon hatte! Am Ende des sechsten Schuljahrs beschloss ich, dass ich in den Sommerferien so hart trainieren und an mir arbeiten würde, dass die anderen zu Beginn des siebten Schuljahrs total beeindruckt von mir sein würden.

Ich begann damit, dass ich einfach etwas mehr Sport trieb, aber allmählich wurde das zu einer richtigen Sucht. Bald hatte ich das Gefühl, dass ich jeden Bissen, den ich zu mir nahm, wieder abtrainieren musste. Ich kann mich noch ganz genau daran erinnern, dass ich eines Tages ein Bonbon gegessen habe. Aus Angst, zu viele Kalorien zu mir genommen zu haben, verspürte ich den unwiderstehlichen Drang, nach draußen zu gehen und ein paar Kilometer zu laufen. Das ging so weit, dass ich schließlich bestimmte Nahrungsmittel ganz von meinem Speiseplan strich, angefangen mit Limonade, was mir zunächst am logischsten erschien. Dann verbot ich mir sämtliche Kuchen und Torten, Nachspeisen und alles Fettige und Frittierte, bis ich irgendwann nur noch Salat und Karotten zu mir nahm. Der einzige Grund, warum ich überhaupt noch etwas aß, war der, dass meine Eltern das wollten und mich dazu zwangen.

In diesem Sommer machte meine ganze Familie eine schwere Zeit durch, weil ein Tornado unser Haus zerstört hatte. Wir waren sowieso schon alle völlig gestresst, sodass es nicht schwer war, meine geheime Sucht vor den anderen zu verbergen. Weil wir für einen Monat in einem Hotel leben mussten, merkte keiner, wie schlecht ich mich ernährte. Niemand, nicht einmal ich selbst, bemerkte, wie sehr ich mir selbst damit schadete, bis ich es dann zu weit getrieben hatte. Ich fand es toll, dass keiner Notiz davon nahm, und dass ich mein eigenes Ding durchziehen konnte, ohne die Aufmerksamkeit der anderen auf mich zu ziehen. In diesem Fall war es mir recht, dass die anderen mich übersahen.

Nachdem unser Haus renoviert war und wir es neu beziehen konnten, kehrten wir allmählich wieder zur Normalität zurück. In der Schule bemerkte jeder, dass ich sehr viel abgenommen hatte, und ich genoss die Aufmerksamkeit, die ich bekam. Ich fand, dass ich jetzt sehr hübsch aussah, und das nur, weil ich jetzt dünn war. Von Kleidergröße 42 hatte ich mich im Laufe der Monate bis Größe 36 „vorgearbeitet". Ich war total begeistert. Doch nachdem alle sich an mein neues Äußeres gewöhnt hatten, fühlte ich mich bald wieder wertlos. Niemand schien mehr Notiz von mir zu nehmen, und wieder war ich nur das Mauerblümchen.

Wenn ich an meine hübsche Freundin Amber denke und daran, dass sie auch nur einen Augenblick an ihrer Schönheit und ihrem Wert gezweifelt hat, dann werde ich wütend. Nicht auf Amber, sondern darauf, dass wir so oft auf die Lügen hereinfallen und es noch nicht einmal bemerken. Es ist so wichtig, dass wir das erkennen! Dann können wir auch Strategien entwickeln, wie wir dagegen angehen können.

Lügen, die wir glauben

Damit wir den Kampf gegen unser schlechtes Selbstwertgefühl gewinnen können, müssen wir die Lügen kennen, denen wir immer wieder auf den Leim gehen.

Lüge Nr. 1: Dein Wert hängt von deinem Äußeren ab.
Die milliardenschwere Mode-, Schönheits- und Werbeindustrie rechnet damit, dass du auf diese Lüge hereinfällst.

Jedes Mal, wenn ich mit dem Flugzeug fliege, vollziehe ich dasselbe Ritual. Ich trage mein schwarzes, bequemes Lieblingssweatshirt, kaufe einen Megabecher Karamell Latte, den ich während der Wartezeit schlürfe und gebe viel zu viel Geld am Kiosk aus, wo ich mir die neuesten Ausgaben meiner Lieblingszeitschriften kaufe. Als ich einmal auf dem Weg nach Wisconsin war, hatte ich einen ungewöhnlich langen Aufenthalt. Ich „plünderte" mein Konto und kaufte mir nicht eine, nicht zwei, sondern gleich sechs Zeitschriften. Beim Durchsehen der Überschriften fielen mir immer wieder dieselben Lügen ins Auge.

Eine Zeitschrift versprach mir, mit „77 Beauty-Tipps" zu mehr Schönheit zu gelangen und klärte mich gleichzeitig über die „Schönheitsdiät" und die Geheimnisse „reiner, strahlender Haut" auf. Bevor mein Karamell Latte so weit abgekühlt war, dass ich ihn trinken konnte, hatte ich schon sämtliche Überschriften dieser Zeitschrift verschlungen. Als ich wieder zu Hause war, probierte ich ungefähr 76 der 77 Schönheitstipps aus. Aber irgendwie schien keiner mein angeblich neues „umwerfendes Aussehen" zu bemerken. Ich beschloss, auf die Schönheitsdiät lieber zu verzichten. Auf dem Speiseplan standen nämlich Sardinen, Austern und süße Kartoffeln ... igitt!

Ein anderes Zeitschriftencover brachte den nächsten Hammer: „Sind Sie älter als 26? Lesen Sie hier: Die neuesten

Schönheitstricks, mit denen Sie sich jung halten!" Na ja, ich bin tatsächlich schon über 26, aber während ich auf die Überschrift starrte, fragte ich mich, seit wann man schon mit 26 anfangen sollte, Angst vor dem Altern zu haben. Doch obwohl mir bewusst war, dass ich diesbezüglich keinen Hilfebedarf hatte, legte ich die Zeitschrift auf den Stapel zu den anderen, die ich kaufen wollte.

Während ich so durch meine 23 Dollar teuren Illustrierten blätterte, stiegen vertraute Gefühle in mir hoch. Ich fing an mich zu fragen, warum ich nicht so aussah wie die Mädchen auf den Titelbildern, und schon war ich total frustriert über meine Haut, meine Haare und meine Jeansgröße. Aber es gab noch Hoffnung für mich: Wenn ich es schaffte, all die Tipps umzusetzen, die in der Zeitschrift vorgeschlagen wurden, dann könnte auch ich so schön aussehen und wäre demzufolge glücklich!

Das Problem war allerdings folgendes: Alles war nur eine einzige Lüge, und ich glaubte es auch noch. Klar, es gibt auch Tage, an denen ich in meine hautenge Jeans hineinpasse, meine Haare sich bändigen lassen und ich es schaffe, mir Eyeliner aufzutragen, ohne danach auszusehen wie ein Mitglied aus der Gothic-Szene.

Aber dadurch verändert sich mein Inneres nicht.

Die Bibel äußert sich dazu sehr deutlich. Dein Wert hängt nicht von deinem Äußeren ab.

Ich (Gott) urteile nach anderen Maßstäben als die Menschen. Für die Menschen ist wichtig, was sie mit den Augen wahrnehmen können; ich dagegen schaue jedem Menschen ins Herz.

1. Samuel 16,7; Hfa

Macht euch keine Sorgen um äußere Schönheit, die auf modischen Frisuren, teurem Schmuck oder schönen Kleidern beruht. Eure Schönheit soll von innen kommen – das ist die unvergängli-

che Schönheit eines freundlichen und stillen Herzens, das Gott so sehr schätzt.

1. Petrus 3,3–4

Anmut betrügt und Schönheit vergeht, aber eine Frau, die Ehrfurcht hat vor dem Herrn, soll gelobt werden.

Sprüche 31,30

Lüge Nr. 2: Dein Wert hängt von deinen Leistungen ab.
Mit dieser Lüge habe ich besonders zu kämpfen. Ich versuche ständig, gut genug, intelligent genug und wichtig genug zu sein, um mir damit meinen Stellenwert zu verdienen. Es fällt mir sehr schwer, meine Selbstwertgefühle nicht davon abhängig zu machen, was ich an diesem Tag geschafft habe. Ich kann mir vorstellen, dass ich nicht die Einzige bin, die sich in unserer Leistungsgesellschaft unter Druck gesetzt fühlt, nonstop Leistungen zu bringen und jemand Besonderes zu sein.

Gerade diese Lüge kann verheerende Auswirkungen auf unser geistliches Leben haben. Wenn wir unaufhörlich versuchen, unseren Wert durch das, was wir tun zu beweisen, dann verlieren wir die Freiheit, wir selbst zu sein. Vollbringe ich etwas Großartiges, wenn ich einen Nachmittag am Meer verbringe und die Wellen betrachte? Nein. Aber ich tue etwas für meine innere Schönheit, indem ich mich mit Gottes Schöpfung beschäftige und lerne, still zu sein. Werde ich einen Pokal gewinnen, wenn ich einen Samstagnachmittag im Schlafanzug verbringe, anstatt zum Handballtraining zu hetzen, mich mit meinen Matheaufgaben zu beschäftigen und Klarinette zu üben? Gewiss nicht. Aber es kommt ganz bestimmt meiner Schönheit zugute, wenn ich lerne, inneren Frieden zu finden und mir die längst verdiente Pause gönne.

Du bist von Natur aus wertvoll, weil du ein Kind Gottes bist. Er liebt dich, und er hat sich nicht deshalb für dich entschieden, weil er von dir Leistungen erwartet, oder weil er von deinen sportlichen, schulischen oder musikalischen Fähigkeiten beeindruckt war. Er möchte eine Beziehung mit dir führen, weil du sein Geschöpf bist und er dein Schöpfer ist. Durch keine Leistung der Welt kannst du dir seine Liebe und sein Wohlwollen verdienen. Egal, was du tust, seine Meinung über dich wird sich niemals ändern.

Eugene Peterson, der Autor der modernen amerikanischen Bibelübertragung „The Message", drückt es ungefähr so aus:

„Ihr könnt euch freuen, wenn ihr mit euch selbst zufrieden seid, so wie Gott euch gemacht hat, und nicht besser oder schlechter von euch denkt. Das ist der Moment, wo ihr zu stolzen Besitzern von allem werdet, was man sich nicht kaufen kann" (Matthäus 5,5).

Eine junge Frau, die erkannt hat, welchen Wert sie durch Jesus hat, wird sich bemühen, Gutes zu tun. Sie wird für andere da sein – und wenn sie das im Namen Jesu tut, kann sie Großes vollbringen. Aber bei all unserem Tun wird unser wahrer Wert nicht durch das definiert, was wir tun – egal, wie groß unsere Erfolge sind. Wer ein Kind Gottes ist, ist schön. Punkt. Er kann beruhigt sein, weil er weiß, dass sein Wert nicht davon abhängt, was er aus eigener Kraft erreichen kann.

Lüge Nr. 3: Dein Wert hängt von der Meinung der anderen ab.
In der Mittelstufe waren bei uns die sogenannten „slam books" total angesagt. Das sind Hefte, die herumgereicht werden und in die jeder etwas zu deiner Person hineinschreiben kann. Es war schrecklich.

In meinem Freundeskreis besaßen alle so ein Heft. Jeder schrieb etwas beim anderen hinein. Da drehte sich einem der Magen um! Weil die Einträge anonym waren, schrieb jeder ungehemmt hinein, was ihm so in den Sinn kam. In dem Alter war es dann auch kein Wunder, dass die Bemerkungen eher negativ und verletzend waren als positiv und ermutigend. Ich kann mich noch daran erinnern, wie ich die Kommentare meiner Freunde las und meine Stimmung sank. Sie bezeichneten mich als Wichtigtuerin und als „Baggertante“. Zu allem Überfluss schrieb dann noch jemand in hellvioletter Tinte, dass ich hässlich sei. Tief im Innern wusste ich, dass das alles nicht stimmte, aber trotzdem konnte ich diese Bemerkungen nicht vergessen und fühlte mich gekränkt.

Einige Zeit später wurden diese Hefte von der Schulbehörde verboten. Wahrscheinlich hatten die Lehrer es satt, dabei zuzusehen, wie ständig Mädchen in Tränen ausbrachen, weil irgendjemand etwas Dummes in lilafarbener Tinte in ihr Heft geschrieben hatte. Trotzdem kann ich mich noch an die Beleidigungen der anderen erinnern. Das alte Sprichwort „Stock und Stein bricht mir das Bein, doch Worte bringen niemals Pein“ hätte nicht weiter von der Wahrheit entfernt sein können. Die Meinungen anderer können einen gewaltigen Einfluss auf dein Selbstwertgefühl haben. Wenn du deinen Selbstwert darauf gründest, befindest du dich auf gefährlichem Terrain.

Wer im Leben nur nach der Anerkennung anderer Menschen sucht, gleicht einem Menschen, der sein Haus auf Sand baut. Wahrscheinlich hast du schon längst gelernt, was du tun musst, um von anderen gelobt zu werden. Aber wenn dein Wert nur davon abhängt, was andere von dir denken, wenn du ständig die Bestätigung anderer Menschen brauchst – wenn du sie brauchst, um die Leere in deinem Herzen zu füllen und die Antwort darauf zu finden, wer du bist, dann wirst du schnell feststellen, dass du innerlich immer leer bleibst.

Die Lüge, die wir glauben sollen, ist, dass wir unseren Wert daran messen, was andere über uns denken. Die Meinungen anderer Leute entsprechen nicht unbedingt den Tatsachen, sondern gründen sich auf Wahrnehmungen, die nichts damit zu tun haben, wer oder wie wir wirklich sind. Außerdem ändern sich diese Wahrnehmungen ständig. Mein erster Eindruck von einer anderen Person ist oft falsch. Mir ist es nicht nur einmal passiert, dass jemand, den ich dachte zu kennen und zu verstehen, plötzlich ganz anders war, als ich zunächst angenommen hatte. Die Meinung eines anderen ist kein Maßstab, an dem wir unseren Wert messen können – unser Wert hat seine Grundlage in Jesus.

Die Bibel enthält viele wundervolle Beschreibungen der Liebe Gottes zu dir. Ich kann nicht einmal annähernd beschreiben, wie oft unser Wert in der Bibel bestätigt wird. Jesus hat zwar nicht lange auf dieser Erde gelebt, aber in dieser Zeit hat er immer wieder in Worte gefasst, wer wir wirklich sind.

Jesus nennt dich „Salz der Erde“ und „Licht der Welt“ (Matthäus 5,13–14). Im nächsten Kapitel erklärt er deutlich, wie wertvoll du bist und verspricht gleichzeitig, sich um jedes deiner Bedürfnisse zu kümmern (Matthäus 6,26). Er bezeichnet dich als Familienmitglied (Matthäus 12,48–50) und – noch genauer – als sein Kind (Matthäus 7,9–11). Ich bezweifle, dass dir jemand etwas noch Beeindruckenderes sagen kann als die unumstößliche Wahrheit, dass du eine Tochter des Königs aller Könige bist. Außerdem erinnert uns Jesus daran, dass er uns durch und durch kennt, und dass er sogar weiß, wie viele Haare auf unserem Kopf sind (Matthäus 10,30).

In der Tatsache, dass Jesus unser Vertrauter sein möchte, steckt sehr viel Kraft. Mit dem Gleichnis vom verlorenen Schaf will Jesus uns deutlich machen, dass wir es ihm wert sind, dass er uns nachgeht. Und durch seinen Tod am Kreuz beweist er uns, dass wir ihm sogar so viel wert sind, dass er für uns sein Leben lässt (Matthäus 27,50).

Nach seiner Auferstehung ging Jesus zurück zu seinen Jüngern. Er machte ihnen klar, dass alle, die ihm nachfolgen, seine Boten sind, und dass er ihnen seine rettende Liebe anvertraut hat. Das erste Evangelium endet damit, dass er verspricht, uns niemals allein zu lassen (Matthäus 28,20).

Die Bibel hat sehr viel dazu zu sagen, wer du bist. Diese Wahrheiten sollen der Fels sein, auf den du dein Selbstwertgefühl aufbauen kannst.

Meine Gedanken

1. Auf welche Art und Weise hat dein Problem, dein Aussehen zu akzeptieren, sich negativ auf deine Beziehung zu Gott ausgewirkt?

2. Es ist wichtig, dass du die Lügen kennst, denen du bis jetzt geglaubt hast. Gibt es bestimmte Umstände oder Vorfälle, die dich davon überzeugt haben, dass du nicht schön bist?

3. Auf welche der in diesem Kapitel genannten Lügen fällst du am ehesten herein? Welche Wahrheiten aus der Bibel kannst du diesen Lügen entgegenhalten?

Kapitel 12:

Wie Gott deine Schönheit sieht und du neue Hoffnung finden kannst

Als ich dahinterkam, dass das Schönheitsideal in unserer Gesellschaft in Wirklichkeit nur eine Fälschung ist, und ich erkannte, welchen Lügen ich auf den Leim gegangen bin, fing ich an, mich zu fragen, ob es so etwas wie wahre Schönheit überhaupt gibt. Mir wurde klar, dass meine Versuche, den Standards zu entsprechen, keine gute Idee waren. Aber das Verlangen, schön zu sein, blieb. Sosehr ich auch versuchte, mich selbst davon zu überzeugen, dass es nicht auf Schönheit ankommt: Es funktionierte einfach nicht. Die weibliche Seite in mir sehnte sich danach, schön zu sein – und danach, diese Schönheit in mir zu entdecken.

Ich begriff zwar endlich, dass wahre Schönheit eben *nicht* vom äußeren Erscheinungsbild abhängt, aber ich wurde das Gefühl nicht los, dass sowohl die innere als auch die äußere Schönheit nichtsdestotrotz eine wichtige Rolle spielen. Die Frage, die ich mir stellte, lautete: Wenn die Schönheitsstandards unserer Gesellschaft nicht der Maßstab für mich sind, welche sind es dann? Wenn man Schönheit nicht durch Sport, tolle Frisuren und coole Klamotten erreichen kann, womit dann? Wie sieht die Schönheit aus, die uns von Gott gegeben ist und die ihm gefällt?

Im Alten und Neuen Testament gibt es jede Menge Geschichten, an denen deutlich wird, dass Gott das Thema Schönheit wichtig ist. Doch seine Vorstellungen sind völlig anders als unsere. Sie sind das Geheimnis einer Schönheit, die bleibt, die uns erfüllt und verwandelt.

Eines meiner Lieblingsbücher ist das Buch „Weißt du nicht, wie schön du bist?“ von John und Stacy Eldredge. Das Autorenehepaar schreibt darin, dass Schönheit ein Wesensmerkmal jeder Frau ist, die es ans Licht zu bringen gilt. Anstatt die Bedeutung der Schönheit zu bagatellisieren, schreiben sie darüber, wie unentbehrlich die Schönheit ist:

„Schönheit ist transzendent. Schönheit ermöglicht die vielleicht unmittelbarste Erfahrung von Ewigkeit. Denken Sie nur an das Erlebnis eines Sonnenuntergangs oder an einen Ozean in der Dämmerung. Erinnern Sie sich an das Finale einer großartigen Geschichte. Wir sehnen uns danach zu verweilen; wir wollen so etwas am liebsten täglich erleben. Manchmal ist die Schönheit so überwältigend, dass die Sehnsucht fast körperlich schmerzt. Sehnsucht wonach? Nach dem Leben, wie es eigentlich sein sollte. Schönheit erinnert uns an den Garten Eden, den wir nie gekannt haben, aber irgendwie weiß unser Herz, dass wir für diesen Ort geschaffen sind. Schönheit verweist auf das kommende Reich Gottes, wo alles schön sein wird. (…) Schönheit zieht uns zu Gott."

Dann ziehen die Autoren ein Fazit, das auch in der Bibel deutlich wird. Schönheit ist nicht nur den Sonnenuntergängen und Stränden vorbehalten. Wahre Schönheit kommt am stärksten zur Geltung, wenn sie durch dich enthüllt wird.

„All das trifft auf jede Erfahrung von Schönheit zu. Erst recht trifft es zu, wenn uns die Schönheit in Gestalt einer Frau begegnet – ihre Augen, ihre Gestalt, ihre Stimme, ihr Herz, ihr Geist, ihr Leben. (…) Sie ist Schönheit durch und durch."[1]

Gottes Schönheitsstandard ist Ehrfurcht einflößend. Du kannst diesen Standard erreichen, und du bist dazu bestimmt, deine Schönheit auch zu zeigen. Deinen Wert anzunehmen, den du aus Gottes Sicht hast, bedeutet nicht, dass du gleichzeitig beschließen sollst, dass deine innere und äußere Schönheit von nun an nicht mehr zählen. Genauer gesagt entscheidest du dich dadurch, deinem Wert ein festes Fundament zu geben. Das heißt, dein Wert gründet sich von nun an auf dem festen Fundament der Bibel, anstatt auf den ständig wechselnden Schönheitsstandards unserer Gesellschaft.

Äußere Schönheit und innere Schönheit sollten im Einklang sein.

Kennst du jemanden, der von außen betrachtet zwar schön aussieht, aber immer weniger attraktiv wirkt, je mehr man ihn kennenlernt? Fällt dir eine berühmte Persönlichkeit ein, die in Zeitschriften fabelhaft aussieht, deren Leben jedoch oberflächlich und leer erscheint? Bist du schon einmal jemandem begegnet, der so egoistisch, sarkastisch oder oberflächlich ist, dass man von seinem guten Aussehen gar nicht mehr beeindruckt ist, weil ihm die innere Schönheit fehlt? Ich schon. Auch Jesus kannte solche Menschen.

Jesus hat oft zu den Pharisäern gesprochen, die zu seiner Zeit gelebt haben. Das waren die Männer, die nach dem damaligen religiösen Gesetz alles richtig machten, und die nach außen hin einen tollen Eindruck hinterließen. Sie waren gekleidet, wie es von ihnen erwartet wurde. Ihre Frisur und ihre Bärte entsprachen genau den Erwartungen. Sie wurden zu allen wichtigen Festen eingeladen. Allein nach dem äußeren Anschein zu urteilen schienen sie alles erreicht zu haben.

Aber Jesus sah, wie es in ihrem Inneren aussah. Er hielt ihnen eine wichtige Wahrheit entgegen, die wir auch mit unserer Schönheit in Zusammenhang bringen können. Jesus war über die Pharisäer verärgert, aber nicht, weil sie sich genau an das Gesetz hielten, sondern weil ihr äußeres Erscheinungsbild nicht von einer inneren Anmut begleitet war. Seine Maßstäbe gelten für jeden von uns.

In Matthäus 23 sagt Jesus etwas, das sehr viel über seine Auffassung von Schönheit aussagt. „Wehe euch, ihr Schriftgelehrten und Pharisäer! Ihr Heuchler! Ihr poliert eure Becher und Schüsseln außen auf Hochglanz, so wie das Gesetz es erfordert. Doch gefüllt sind sie mit dem, was ihr in eurer maßlosen Gier anderen abgenommen habt. Ihr blinden Verführer, reinigt eure Becher erst einmal von innen, dann werden sie auch außen sauber sein" (Verse 25–26; Hfa).

Ich sammle Teetassen. Sie erinnern mich daran, dass ich so kostbar bin wie gutes Porzellan. Eines meiner Lieblingsstücke habe ich von meiner Großmutter geschenkt bekommen. Es ist eine feine, wunderschöne Porzellantasse, die sie bei den Teepartys mit ihren Freunden benutzt hat.

Eine andere Teetasse stammt von einer Freizeit, auf der ich als Teenager war. Bei dieser Freizeit habe ich das Versprechen abgelegt, dass ich bis zu meiner Hochzeit Jungfrau bleiben wollte. Die Tasse hat eine wunderschöne Farbe – rosé – und ist mit winzigen Rosen verziert. Sie ist eine wertvolle Erinnerung an mein Versprechen und an das Gute, das Gott mir dadurch in meinem Leben geschenkt hat.

Ein anderes Lieblingsstück stammt vom Ururgroßvater meines Mannes. Auf der Vorderseite ist ein handbemalter Garten mit blauen Blumen abgebildet. Die vergoldeten Buchstaben darauf sind schon so abgenutzt, dass man sie gar nicht mehr lesen kann. Diese Teetassen sehen nach außen hin wunderschön aus. Aber wenn man genauer hinsieht, bemerkt man, dass ich sie schon seit Längerem nicht mehr abgestaubt habe. Sie sind schmutzig. Auf die gleiche Weise hat Jesus die Pharisäer beschrieben. Nach außen hin wirkten sie vielleicht perfekt, aber in ihren Herzen sah es hässlich und schmutzig aus. Jesus machte deutlich, wie sehr er diese Art von Schönheit verabscheute. Aber gleichzeitig machte er ihnen Hoffnung. Nachdem er die Pharisäer wegen ihrer oberflächlichen Schönheit zurechtgewiesen hatte, forderte er sie auf, zuerst das Innere zu reinigen. Das Äußere würde dann schon von allein sauber werden. Die innere Schönheit ist automatisch so überfließend, dass wir dadurch auch äußerlich schöner werden.

Noch anschaulicher vergleicht Jesus das in Vers 27:

„Wehe euch, ihr Schriftgelehrten und Pharisäer! Ihr seid wie die gepflegten Grabstätten: von außen sauber und geschmückt, aber innen ist alles voll stinkender Verwesung" (Matthäus 23,27; Hfa).

Klingt ziemlich hart, oder? Wenn Jesus einen Satz mit „Wehe euch" beginnt, meint er damit „Gebt gut acht" und „Ich meine es ernst". Wenn wir diese Worte lesen, sollten bei uns die Alarmglocken angehen. Jesus meinte es ernst, als er so mit den Pharisäern sprach, und er meint es ernst, wenn er mit uns darüber spricht, was er unter Schönheit versteht.

Jesus beschuldigt die Pharisäer, dass sie, wie die Tasse, auf andere äußerlich einen guten Eindruck machen, was jedoch durch die Tatsache entwertet wird, dass sie ihr Herz nicht am rechten Fleck haben. Er redet nicht lange um den heißen Brei, deutet auch nicht vorsichtig an, dass sie ja vielleicht noch ein wenig an ihrer inneren Schönheit arbeiten könnten. Er gibt nicht einfach nur zu bedenken, dass ihr Inneres noch zurechtgerückt werden sollte. Nein, er vergleicht ihren geistlichen Zustand ganz unverblümt mit den Knochen toter Menschen und mit allem, was unrein ist. Der Tod hat keine schönen Seiten, und ein toter Körper, der im Grab liegt, ist absolut nicht attraktiv. Er wird zwangsläufig verwesen. Alles Äußere wird garantiert ebenfalls verrotten.

Es fällt uns nicht schwer, auf die Pharisäer herabzusehen. Wenn ich diese Verse in der Bibel lese, denke ich: „Ja, Jesus, zeig's ihnen!" Die Wahrheit jedoch ist, dass auch ich manchmal wie eine sauber geschmückte Grabstätte bin. Ab und zu geht es dir sicherlich genauso. Nach außen hin siehst du toll aus. Deine Frisur sitzt. Dein Make-up ist perfekt und dein Outfit sieht richtig edel aus. Aber wehe dir, denn in deinem Inneren fängt es an zu stinken. Ohne ein demütiges Wesen ist jede Schönheit bedeutungslos. Zu Gottes Schönheitsstandard gehört vor allem, dass die äußere Schönheit, die zwar wichtig ist, mit einer inneren Schönheit im Einklang sein muss.

Gott sieht in unser Herz

Eine der aufschlussreichsten Stellen der Bibel über Gottes Auffassung von Schönheit finden wir in 1. Samuel 16,1–13. Diese Verse gehören zu meinen Lieblingsgeschichten in der Bibel. Dort steht eine Menge darüber, was Gott sich von jedem von uns wünscht.

Die Geschichte beginnt damit, dass der Prophet Samuel um König Saul trauert. Saul ist der König von Israel, doch weil er Gottes Gebote abgelehnt hat, hat Gott sich auch von ihm abgewandt. Samuel trauert um den verlorenen König und um den Zustand seines Landes. Doch Gott greift ein. Er befiehlt Samuel, zu Isais Haus zu gehen, um dort einen neuen König zu salben. Samuel hat zunächst Einwände, gehorcht Gott dann aber doch und macht sich auf zu Isais Haus.

Nach seiner Ankunft fordert Samuel Isai auf, ihm seine Söhne zu zeigen. Zuerst betritt der älteste Sohn das Zimmer und begrüßt Samuel. Er ist kräftig und sieht gut aus, aber Gott will ihn trotzdem nicht zum König haben.

Was Gott dann sagt, ist sehr erstaunlich. Er erklärt:

„Lass dich von seinem Aussehen und von seiner Größe nicht beeindrucken. Er ist es nicht. Denn ich urteile nach anderen Maßstäben als die Menschen. Für die Menschen ist wichtig, was sie mit den Augen wahrnehmen können; ich dagegen schaue jedem Menschen ins Herz“ (1. Samuel 16,7; Hfa).

Diese Wahrheit finde ich erschreckend. Sosehr ich auch damit zu kämpfen habe, dass ich mein Äußeres als sehenswert empfinde, weiß ich doch, dass mein Aussehen sich in einem besseren Zustand befindet als mein Innenleben. Ich bin leicht zu täuschen, ängstlich und empfänglich für Sorgen, Zweifel und Entmutigung. Und hier will Gott etwas Schönes in mir finden? Wie kann das sein?

Der weitere Verlauf der Geschichte macht mir Hoffnung. Nacheinander führt Isai Samuel seine Söhne vor, sieben an der

Zahl, aber Gott wählt keinen von ihnen als König aus. Mit einem Seufzer der Verzweiflung fragt Samuel schließlich: „Sind das alle deine Söhne?“ (Vers 11).

Isai räumt ein, dass er noch einen weiteren Sohn hat. Sein Name ist David. Dieser jüngste Sohn war in Isais Augen so unbedeutend, dass er noch nicht einmal daran gedacht hatte, ihn von den Feldern holen zu lassen, wo er die Schafe hütete. Auf Samuels Bitte lässt Isai David holen, und schließlich steht dieser vor Samuel.

„Und der Herr sprach: ‚Ja, das ist er; salbe ihn.‘“ (1. Samuel 16,12).

Mir gefällt die Thematik dieser Geschichte, dass der Benachteiligte plötzlich zur Hauptperson wird. Es berührt mich zu lesen, wie Davids Vater die Vision für Davids Leben verfehlt, weil er denkt, dass das Schafehüten seine Bestimmung ist, und dass Gott David trotzdem unaufhaltsam zu seiner eigentlichen Berufung hinführt, sodass sie für jeden offensichtlich wird. Ich finde es fantastisch, dass der Gott, dem ich diene, nicht auf die Dinge achtet, auf die Menschen achten. Er sieht nicht auf mein äußeres Erscheinungsbild. Wenn er nach der Schönheit in meinem Herzen sucht, dann sucht er nicht nach Vollkommenheit, sondern freut sich, dass er einen winzigen Schatz in mir findet – nämlich meine Liebe zu ihm.

Davids Herz war alles andere als vollkommen. Er schrieb über seine Ängste (Psalm 3), seine Erschöpfung (Psalm 6), seine Schuld (Psalm 7) und seine Zweifel (Psalm 13). David war ein Mann, der auch Fehler machte und der – wie ich – leicht zu täuschen war. Aber Gott hat die Schönheit in ihm entdeckt. Nicht, weil David vollkommen war, sondern weil seine Liebe zu Gott so groß war, obwohl er immer wieder mit seinen Schwächen zu kämpfen hatte.

Die Frauen von Jerusalem

Gottes wichtigster Schönheitsstandard ist, wie gesagt, die Übereinstimmung von äußerer Schönheit mit innerer Schönheit. Er macht uns außerdem deutlich, dass er nicht auf die Dinge achtet, die Menschen wichtig sind. Er sucht unsere Schönheit ganz tief in unserem Innern. Im Buch Jesaja können wir lesen, dass wir uns nach seinen Schönheitsidealen richten und unseren Wert in den Dingen suchen sollen, die nicht vergänglich sind.

Jesaja erzählt die Geschichte von den Frauen in Jerusalem (Jesaja 3,16–26). Mir gefällt diese Geschichte. Im ersten Moment hört es sich lustig an, aber wenn man sich die Verse genauer durchliest, erkennt man, dass sie eine Warnung an diejenigen sind, denen die kulturellen und gesellschaftlichen Schönheitsstandards wichtiger sind als die Maßstäbe Gottes.

Der Ausgangspunkt dieses Berichts ist folgender: Die Frauen von Jerusalem fingen an, ihre Schönheit zu missbrauchen, die ihnen doch ursprünglich von Gott geschenkt wurde. Jesaja berichtet, dass sie hochmütig waren und den Männern aufreizende Blicke zuwarfen. Selbst die Art, wie sie sich bewegten, sollte die Aufmerksamkeit der anderen erregen. Gott gefiel das überhaupt nicht, deshalb nahm er ihnen ihre Schönheit weg:

Deshalb lässt der Herr ihre Haare ausfallen und wird ihnen die Kleider vom Körper reißen. An diesem Tag wird der Herr ihnen all ihre prachtvollen Fußspangen, Stirnbänder und die kleinen Monde wegnehmen. Ebenso ihre Ohrringe, Armreifen, Schleier und ihre Kopftücher, ihre Schrittkettchen, ihre Gürtel, Parfums und Amulette, ihre Ringe, Nasenringe, Festkleider, Überkleider, Umschlagtücher und Taschen, ihre Spiegel und leinenen Unterkleider, ihre Kopfbinden und ihre Oberkleider. Anstelle ihres Duftes wird man Moder riechen. Sie werden Stricke statt Gürtel tragen und statt dem gut frisierten Haar eine Glatze haben. Sie werden Säcke anstelle verführerischer Kleider tragen. Statt ihrer Schönheit werden sie von Brandmalen gezeichnet sein.

(Verse 17–24)

Gott nahm diesen Frauen alle Zeichen äußerlicher Schönheit weg – nicht, weil ihm ihr Äußeres nicht gefiel. Schließlich hatten sie ihre Schönheit von ihm bekommen. Gott missfiel, dass die Frauen von Jerusalem ihren Wert in ihrer Schönheit sahen, und dass sie ihre Schönheit so einsetzten, dass sie die Aufmerksamkeit bekamen und nicht Gott. Und wie bei den Pharisäern im Neuen Testament fasste er die Frauen hier nicht mit Samthandschuhen an. Er ließ ihnen die Haare ausfallen. Er nahm ihnen ihre schicken Kleider weg und gab ihnen stattdessen Kleider aus Sacktüchern. Statt nach Parfüm zu riechen, verbreiteten sie jetzt einen üblen Gestank.

Der interessanteste Teil dieser Geschichte steht, wie ich finde, in Vers 24. Dort steht, dass von ihrer Schönheit nur noch Scham und Schande zurückblieben. Sicherlich ist dir bekannt, dass Brandmale eine Kennzeichnung sind, die die Zugehörigkeit zu einem Eigentümer markieren. Einige von uns haben schon einmal gesehen, wie ein Rind oder ein Pferd gebrandmarkt wurde. Normalerweise zucken wir zusammen, wenn wir sehen, wie sich das heiße Eisen in ihr Fell einbrennt. Brandmale sind nichts Schönes. Sie sind ein Symbol einer Entstellung – das Gegenteil von Schönheit. Die Frauen in dieser Geschichte tauschten ihre Schönheit gegen ein paar hässliche Narben ein. Dasselbe habe ich auch getan.

Meine Schönheit ist ein Geschenk Gottes. Deine auch. Deine Haare, deine Augen, deine Haut, deine Figur – all das hat Gott dir geschenkt. Doch wie oft tauschen wir unsere von Gott gegebene Schönheit gegen eine schlechte Fälschung derselben ein, weil wir den Menschen um uns herum gefallen wollen? Oder weil wir mit unserer Schönheit die Aufmerksamkeit der anderen auf uns lenken wollen anstatt sie auf Jesus zu richten? Gott freut sich über unsere Schönheit. Er hat uns so geschaffen und erlaubt uns deshalb auch, schön auszusehen. Aber seine Maßstäbe sind unverrückbar: Jede Art von Schönheit, die innere und die äußere, sollen auf ihn hinweisen.

Meine Gedanken

1. Gibt es Zeiten, in denen du nach außen hin toll aussiehst, in dir drin aber Chaos herrscht? Wie kannst du sichergehen, dass deine äußere und innere Schönheit im Einklang miteinander sind?

2. Macht es dich nervös, dass Gott nicht um deine äußere Erscheinung besorgt ist, oder ist das eher ermutigend für dich?

3. Wie sieht deine innere Schönheit aus?

Kapitel 13:

Der König freut sich an deiner Schönheit

Mein Lieblingsfilm heißt „Die Braut des Prinzen". Es ist ein witziger und spannender Actionfilm, der vor allem auch romantisch ist. Die schöne Buttercup verliebt sich in einen einfachen Stalljungen namens Westley. Dieser beschließt eines Tages, in die Ferne zu ziehen und viel Geld zu verdienen, um sie anschließend bei seiner Rückkehr zu heiraten. Doch die Zeit vergeht und er kommt nicht zurück. Buttercup erfährt, dass er tot ist und ist untröstlich, denn Westley war ihre einzige, wahre Liebe. Gegen ihren Willen wird sie vom widerlichen Prinzen des Landes zur Braut erwählt. Nun wird sie Prinzessin Buttercup genannt, und ihre Schönheit ist im ganzen Königreich in aller Munde.

Dann kehrt Westley zurück. Er trägt eine Maske. Sie erkennt ihn nicht und stößt ihn einen Hügel hinunter, um vor ihm zu flüchten. Beim Hinunterrollen ruft er laut: „Wie ... Ihr ... wünscht!" – Diesen Satz hat sie ihn sagen hören, als sie noch zusammen auf der Farm lebten. Sie erkennt, dass ihr Geliebter gekommen ist, um sie zu sich zu holen und läuft ihm nach, den Hügel hinunter. Die Story handelt von Gefahren und Helden, Rettungsaktionen und wahrer Liebe; sie löst jedes Mal eine Gänsehaut bei mir aus.

Aber Buttercup ist nicht die erste Prinzessin, die mich fasziniert hat. Von Kindheit an stehe ich auf das Märchen von Aschenputtel, die ihren Alltagspflichten entflieht, um einen gut aussehenden Prinzen zu heiraten. Jedes Mal, wenn sich bei mir mal wieder Berge von Hausarbeit angesammelt hatten, stellte ich mir vor, dass ein Prinz mich in Windeseile in einen wunderschönen Palast entführt, wo ich ein unbeschwertes und sorgenfreies Leben mit ihm führe. Als ich noch in die Schule ging, weckten im Geschichtsunterricht Storys über Königsfamilien immer meine Neugier. Besonders die Prinzessinnen interessierten mich, und ich fragte mich dann jedes Mal, wie mein Leben wohl heute aussehen würde, wenn ich königliches Blut in den Adern hätte. Erst vor Kurzem habe ich mir zum x-ten Mal „Die kleine Meerjungfrau" angesehen. Obwohl ich wusste, wie die Geschichte endet, stieß ich einen Seufzer der Erleichterung aus, als Arielle ihr Leben als Tochter von König Triton, Herrscher über das Meeresvolk, verließ und den Prinzen Eric heiratete. Ich fragte mich, ob sie sich auch so entschieden hätte, wenn sie dadurch ihren Status als Prinzessin verloren hätte. Die Trennung von ihren prächtigen Kleidern und dem Schloss wäre wohl bedeutend schwieriger gewesen.

Bestimmt bin ich nicht die Einzige, auf die Königshäuser eine Faszination ausüben. Wahrscheinlich sind alle kleinen Mädchen begeistert von Prinzessinnen und träumen davon, die Tochter eines Königs zu sein und von einem Prinzen geliebt zu werden. Jeder von uns scheint ein einzigartiges Verlangen in sich zu tragen, von königlichem Rang zu sein. Aber warum ist das so? Freilich, Prinzessinnen sehen toll aus, und wir möchten auch gerne unsere eigene Schönheit zur Schau stellen. Es stimmt auch, dass Storys über das Prinzessinnenleben oft romantisch sind, und dass wir beim Anblick ihrer Kleider ganz neidisch werden. Aber reicht das aus, um ein solches Verlangen in uns auszulösen? Es ist nicht auszuschließen, dass wir vielleicht deshalb so sehr von Prinzessinnen fasziniert sind, weil sie eine Ahnung in uns wecken – nämlich die Ahnung, dass in unseren Adern königliches Blut fließt, dass eine Juwelenkrone uns sehr gut stehen würde und dass auch wir Prinzessinnen sind.

Wenn wir dieses Verlangen in uns haben, gibt Gottes Wort uns Hoffnung.

Beweise dafür, dass du ein Erbe des Königs bist

Wenn Jesus der König ist und wir seine Töchter, dann sind wir tatsächlich Prinzessinnen. Aber bei einem Königreich, das wir nicht sehen, und einem König, in dessen Gesicht wir nicht schauen können, passiert es leicht, dass uns die Kraft, die durch unser königliches Erbe in uns steckt, abhanden kommt. Doch die Bibel lässt uns darüber nicht im Zweifel. Sowohl im Alten als auch im Neuen Testament wird eindeutig bestätigt, dass wir königliche Erben sind. Die Geschichten dort sind nicht weniger fesselnd als die uns bekannten Märchen; die Sprache ist nicht weniger romantisch und unsere Schönheit nicht weniger lebendig.

In Filmen passiert es häufig, dass ein König stirbt und es keinen Thronfolger gibt. Normalerweise steht dann schon irgendein Bösewicht bereit, der an die Macht kommen will, doch kurz bevor er das schafft, wird doch noch ein Thronfolger gefunden. Wahrscheinlich sieht der neue Held nicht gerade wie ein König aus. Vielleicht hat man ihn irgendwo gefunden, wo man keinen König vermuten würde, oder die neu entdeckte Prinzessin ähnelt in ihrem Aussehen eher einer Bauersfrau als einer Königin. Doch dann stellt sich heraus, dass es sich wirklich um den nächsten Thronfolger handelt. Der Bösewicht wird besiegt, das Königreich ist gerettet und die Stadtbewohner feiern ein Fest.

Wir sind die Thronfolger von Jesus. Vielleicht sehen wir nicht wie Prinzessinnen aus. Wahrscheinlich kennen wir uns auch nicht mit den Abläufen in einem Königreich aus, und vermutlich versucht auch irgendjemand, uns unsere Position als Töchter des Königs streitig zu machen. Aber unsere Zugehörigkeit zum Königshaus steht fest. Anhand der Bibel können wir beweisen, dass wir einen Platz in Gottes Königreich haben.

Beweise dafür, dass Jesus ein König ist

Jesus behauptet, ein König zu sein. Diese Pille ist nicht leicht zu schlucken. Bei Königen denken wir eher an Märchen oder an Leute wie König David oder Salomo, die hier auf der Erde gelebt haben und deren einstiges Königreich sich eindeutig auf einer Landkarte eingrenzen lässt. Aber Jesus behauptet, der König eines anderen Königreichs zu sein. Genau diese Behauptung hat die religiösen Führer seiner Zeit am meisten gestört.

Pilatus fragte Jesus über seine Ansprüche an einen Königsthron aus. Jesus antwortete ohne Zögern und hielt an seinem Anrecht auf das Königreich Gottes fest.

Pilatus entgegnete: „Dann bist du also doch ein König?" – „Du sagst es: Ich bin ein König; du hast recht", erklärte Jesus. „Dazu bin ich geboren. Ich bin gekommen, um der Welt die Wahrheit zu bringen. Wer die Wahrheit liebt, wird erkennen, dass meine Worte wahr sind."

Pilatus beurteilte Jesus falsch. Zu jener Zeit taten das viele andere auch. Das ist der Grund, warum sie ihm eine Dornenkrone aufsetzten, einen scharlachroten Mantel umhängten und sich spöttisch vor ihm verbeugten, bevor sie ihn fortführten, um ihn zu kreuzigen (Matthäus 27,27–31). Sie hatten gedacht, dass er gekommen sei, um ein Königreich hier auf der Erde aufzurichten. Als er das nicht tat, machten sie sich über ihn lustig und brachten ihn anschließend um.

Aber Jesus ist ein anderer König. Sein Königreich ist viel größer, als wir uns das vorstellen können. Kein anderer König wird je so viel Macht haben, wie er es hat. In 1. Timotheus 6,15 wird er der „König aller Könige" und der „Herr aller Herren" genannt und in Offenbarung 1,5 als der Herr über alle Herrscher der Erde bezeichnet. Unser Gott ist nicht irgendein König! Er verkörpert die perfekte und allerhöchste Königsherrschaft.

Beweise dafür, dass du eine Prinzessin bist

Wir haben als Kind alle schon so viele Disney-Filme gesehen und Märchen gelesen, dass wir wissen, wie man die Kinder eines Königs nennt: Prinz und Prinzessin. Einige von ihnen werden eines Tages den Thron besteigen, aber alle Kinder genießen die Vorrechte, die ein Königskind hat. In der Bibel steht unmissverständlich, dass wir Gottes Kinder sind und dass wir königliche Erben sind, weil er uns angenommen hat.

Seht, wie viel Liebe unser himmlischer Vater für uns hat, denn er erlaubt, dass wir seine Kinder genannt werden – und das sind wir auch!

1. Johannes 3,1

Schon vor Erschaffung der Welt hat Gott uns aus Liebe dazu bestimmt, vor ihm heilig zu sein und befreit von Schuld. Von Anfang an war es sein unveränderlicher Plan, uns durch Jesus Christus als seine Kinder aufzunehmen, und an diesem Beschluss hatte er viel Freude.

Epheser 1,4–5

Aber ihr seid anders, denn ihr seid ein auserwähltes Volk. Ihr seid eine königliche Priesterschaft, Gottes heiliges Volk, sein persönliches Eigentum. So seid ihr ein lebendiges Beispiel für die Güte Gottes, denn er hat euch aus der Finsternis in sein wunderbares Licht gerufen.

1. Petrus 2,9

Wenn irgendjemand unseren königlichen Rang jemals anzweifeln sollte, dann können wir unerschütterlich an der Wahrheit festhalten, die in der Bibel steht, nämlich, dass Gott König ist und wir seine Kinder. Wir können uns vertrauensvoll dazu bekennen, dass wir in einzigartiger Weise die Sehnsucht nach königlichen Wurzeln in uns tragen und dürfen unser Erbe als Prinzessinnen ruhig annehmen.

Aber das ist noch nicht alles

Gott bestätigt nicht einfach nur unseren Status, den wir als seine Kinder haben und lässt dann den romantischen Teil weg, der die Märchen so reizvoll macht. Wir sind nicht Prinzessinnen, denen es an der Schönheit und Pracht mangelt, die wir bei den Königskindern in den Filmen sehen können. Auch wir haben Schönheit vorzuweisen und können von einer Liebe reden, die uns rettet.

In Psalm 45 wird die Liebe beschrieben, die der König für uns empfindet. Sie ist so großartig und romantisch und gewaltig, dass jedes Hollywood-Drehbuch dagegen schlecht abschneidet. Die Verse wurden als Gedicht für einen König geschrieben, wahrscheinlich für König Salomo anlässlich seiner Hochzeit. Doch dieselben Worte werden auch als prophetische Worte über Jesus und seine Braut, die Gemeinde, verstanden. Wir sind die Königstöchter, über die der Autor schreibt.

Höre mich, Königstochter, und nimm dir zu Herzen, was ich sage! (…) Du bist wunderschön, und der König begehrt dich! Verneige dich vor ihm, denn er ist dein Herr und Gebieter! (…) Seht, wie prachtvoll zieht die Königstochter in den Festsaal ein! Ihr Kleid ist mit Gold durchwebt, in ihrem farbenfrohen Gewand wird sie zum König geführt; und Jungfrauen, ihre Freundinnen, begleiten sie. Mit Freudenrufen und hellem Jubel wird der feierliche Brautzug in den Palast geleitet

Psalm 45,10–11 und 13–15; Hfa

Hast du alles verstanden, was dort steht? Ein König, eine Prinzessin, ein wunderschönes Kleid, ein Schloss, eine Feier. Aber hast du auch den wichtigsten Teil mitbekommen, nämlich die Stelle, wo es um deine Schönheit geht? Wo all den Lügen, dass du nicht kostbar und wertvoll und liebenswert bist, ein für alle Mal ein Ende bereitet wird? Im Klartext steht da: „Du bist wunderschön, und der König begehrt dich! Verneige dich vor ihm, denn er ist dein Herr und Gebieter!“ (Psalm 45,11).

Der König ist Jesus und deine Schönheit begeistert ihn. Was bedeutet das? Im Englischen steht hier das Wort „enthrall“, für das es im Wörterbuch drei schlagkräftige Definitionen gibt. Erstens bedeutet es, jemanden zu fesseln oder zum Sklaven zu machen. Deine Schönheit ist so stark, dass der König aller Könige davon gefesselt ist. Zweitens bedeutet es, jemanden zu verzaubern. Jesus ist von deiner Schönheit verzaubert, nicht von deinem Rang oder von dem, was du zu bieten hast, sondern deine Schönheit ist es, die seine Blicke auf dich zieht. Die dritte Bedeutung ist, dass Jesus von dir fasziniert ist. Er ist der König. Du bist die Prinzessin. Deine Schönheit lässt ihn geradezu erstarren.

Diese Art von Romantik können wir uns nur schwer vorstellen, aber ist es nicht so, dass wir uns in Wirklichkeit danach sehnen? Wir glauben, wenn ein König sich so sehr für uns interessiert, ist das die Bestätigung dafür, dass wir wertvoll und in Ordnung sind. Wenn die Welt um uns herum sich bemüht, uns eine Art von Schönheit zu verkaufen, die für uns unerreichbar ist, und wenn andere Menschen uns davon überzeugen wollen, dass unsere Schönheit nicht perfekt ist, dann können wir völlig entspannt bleiben, weil wir der Wahrheit glauben, dass wir Königskinder sind, und dass der König höchstpersönlich bestätigt hat, wie wertvoll wir sind.

Was wissen wir über Prinzessinnen?

Es gibt gewisse Eigenschaften, die alle Prinzessinnen gemeinsam haben. Daran können wir in jeder Geschichte sofort erkennen, wer die Prinzessin ist. Wenn wir uns mit den Charakterzügen einer Prinzessin beschäftigen, können wir das eine oder andere darüber lernen, wie wir uns verhalten sollen, jetzt, wo unser königlicher Stand gesichert ist.

Prinzessinnen sind mit Schönheit gesegnet

Prinzessinnen sind immer wunderschön. Ansonsten würde die Geschichte nicht viel Sinn machen. Kein Prinz würde für ein Mädchen, das unvorteilhaft aussieht, eine Festung erstürmen. Für eine unattraktive Prinzessin würde niemand gegen einen Drachen kämpfen. Wenn wir Prinzessinnen sind, dann haben wir auch Schönheit vorzuweisen. Ein Teil dieser Schönheit ist nach außen hin sichtbar. Der größte Teil davon liegt hinter der Oberfläche verborgen. Aber lass dich nicht täuschen: Du bist eine Prinzessin, und du bist wunderschön.

Prinzessinnen tragen Verantwortung

Von einer Prinzessin erwarten wir, dass sie ein bestimmtes Verhalten zeigt und ihre königlichen Pflichten erfüllt. Doch was sind *unsere* Verpflichtungen als Prinzessin? Genauer gesagt, was sollen wir mit unserer Schönheit tun?

Die erste Verpflichtung besteht darin, dass wir unsere Schönheit *annehmen*. Das bedeutet nicht, dass wir sie auf arrogante und ungebührliche Weise zur Schau stellen sollen. Aber wir haben die Wahl: Glauben wir weiterhin den Lügen über unsere Schönheit, die andere uns weismachen wollen, oder greifen wir nach der wirklichen Schönheit, die Jesus uns anbietet? Prinzessinnen wissen, dass sie schön sind. Ich bin sicher, dass sie auch ab und zu Probleme haben und sich an manchen Tagen über ihre Haare oder ihre Haut ärgern. Aber das ist nicht die Grundlage ihrer Schönheit. Sie sind Angehörige des Königshauses. Die Schönheit liegt ihnen im Blut. Das wissen sie ganz genau.

Außerdem haben wir die Verantwortung, unsere Schönheit zu schützen. Sie ist ein Geschenk vom König und für den König. Wir haben sie nicht bekommen, damit wir sie zur Schau stellen. Wir sollen sie nicht benutzen, um andere damit zu verletzen. Wenn wir noch einmal auf Psalm 45,13 zurückkommen, erkennen wir, dass die Prinzessin dort als prachtvoll beschrieben wird. Aber sie lebt in einem geschützten Rahmen. Ihre Schönheit findet man nur im Festsaal. Es wird nicht von uns verlangt, dass wir unsere Schönheit verstecken, aber wir sollen sie wie einen kostbaren Schatz hüten.

Schließlich haben wir noch die Verantwortung, unsere Schönheit so einzusetzen, dass wir damit auf den König hinweisen. Die Prinzessin in Psalm 45 wurde zum König geführt, und sie brachte noch andere mit. In 1. Petrus 2,9 steht, dass wir Mitglieder des Königshauses sind, damit wir anderen von den großen Taten Gottes erzählen können. Letztendlich sollen wir unsere ganze Schönheit, ob innere oder äußere, so einsetzen, dass wir damit auf unseren Vater im Himmel hinweisen und nicht auf uns selbst.

Prinzessinnen sind es wert, dass man für sie kämpft

Ein Märchen wäre langweilig, wenn darin nicht auch eine Schlacht vorkäme, die es zu kämpfen gilt. Westley besiegte Riesen und Schwertkämpfer, er überquerte Meere und Sümpfe, um Prinzessin Buttercup zu retten. Der Märchenprinz in

Aschenputtel suchte, nur mit einem gläsernen Schuh in der Hand, weit und breit nach seiner Prinzessin. Prinz Eric bekämpfte die Meerhexe, damit er Arielle heiraten konnte. Als Prinzessinnen sehnen wir uns nach unserem Prinzen, der herbeieilt, um uns zu retten.

Wenn Jesus unser Retter ist, dann sind wir wirklich gerettet. Denke mal darüber nach, was er für dich getan hat und noch tun wird:

Er brachte mich an einen sicheren Ort und rettete mich, weil er Freude an mir hatte.

Psalm 18,20

Wir wünschen euch Gnade und Friede von Gott, unserem Vater, und von Jesus Christus, dem Herrn. Er hat sich selbst für uns geopfert und ist nach dem Willen Gottes, unseres Vaters, für unsere Sünden gestorben, um uns aus dieser bösen Welt, in der wir leben, zu retten.

Galater 1,3–4

Denn er hat uns aus der Macht der Finsternis gerettet und in das Reich des geliebten Sohnes versetzt.

Kolosser 1,13

Der Herr wird mich vor jedem bösen Angriff retten und mich sicher in sein himmlisches Reich bringen.

2. Timotheus 4,18

Du bist es wert, dass man für dich kämpft. Jesus hat den Drachen getötet und den Gegner besiegt, und das alles nur, weil er dich so sehr liebt. Du bist seine Prinzessin, und du bist es wert, dass man für dich kämpft. Die Prinzen hier auf der Erde erkennen das vielleicht nicht. Auch wenn sie nicht für dich kämpfen, bedeutet das nicht, dass dein Wert angeknackst ist. Deine

Schönheit bringt Jesus dazu, dass er für dich kämpft. Er steht bereit, um dich immer wieder zu retten.

Prinzessinnen werden vom König verehrt

Im wirklichen Leben kommt es manchmal vor, dass Väter ihre Töchter ablehnen oder sie vernachlässigen. Aber das ist kein Stoff für ein Märchen. Denn dort, und auch in Filmen, verehrt der König fast immer seine Tochter. Er ist um ihr Bestes bemüht. Er überschüttet sie mit Lob. Manchmal macht er ihr als Zeichen seiner Zuneigung teure Geschenke. Eine wahre Prinzessin wird ganz offensichtlich vom König verehrt.

Auch du wirst von deinem König verehrt. Er liebt dich. Seine Liebe verändert sich nicht. Er wird für dich kämpfen. Sein Entschluss steht fest und wankt nicht. Er ist begeistert von dir. Deine Schönheit verzaubert ihn.

Ich weiß nicht, wer dich sonst noch verehrt. Keine Ahnung, wer dir sonst noch sagt, dass du wunderschön bist, oder wer dir sagt, dass du wertvoll bist. Aber ich weiß, dass es jemand gibt, der dich verehrt. Ich weiß, dass du wunderschön bist und dass du es wert bist, dass man sein Leben für dich lässt. Das ist die Grundlage, auf die du dein Selbstempfinden bauen kannst. Gott sieht deine Schönheit und deinen Wert. Kannst du sie auch erkennen?

„Du bist wunderschön, und der König begehrt dich! Verneige dich vor ihm, denn er ist dein Herr und Gebieter“ (Psalm 45,12).

Meine Gedanken

1. Welche Märchen haben dir als kleines Mädchen am besten gefallen? Warum hast du diese Geschichten so geliebt?

2. Fällt es dir schwer, dir vorzustellen, dass Jesus genauso für dich schwärmt, wie der König in Psalm 45,12 für die Prinzessin? Wie geht es dir mit der Tatsache, dass er von deiner Schönheit begeistert ist?

3. Auf welche Weise hat Gott dich gerettet? In welchen Bereichen deines Lebens brauchst du noch Rettung?

4. Kannst du deine Schönheit erkennen? Kannst du den Wert annehmen, den Gott dir in seinem Wort zuschreibt?

5. Wie verändert das deine Meinung über dich selbst?

Nachwort

Ich wünschte, ich könnte sagen, dass ich den Kampf gewonnen habe, dass mein Schwert nun in einer Glasvitrine ausgestellt werden kann, weil ich weiß, dass ich es nie mehr gegen den Drang in mir anwenden muss, mich selbst als etwas anderes als ein wunderschönes Kind Gottes zu sehen, das von ihm geliebt und geschätzt wird. Während ich diese Botschaft an andere weitersage, wünschte ich, ich könnte ausrufen: „Seht mich an! *Früher* hatte ich mit meinem Selbstwert und meinem Körper zu kämpfen, aber das ist jetzt vorbei. Jetzt passe ich nicht mehr in die Form, die unsere Kultur uns vorgibt und höre nicht länger auf all die Lügen."

Aber so ist es leider nicht. Auch bei mir gibt es immer noch schlechte Tage. Manchmal fließen immer noch Tränen, weil ich wieder in alte Gewohnheiten zurückfalle und den Lügen von früher glaube. Aber durch meine Abhängigkeit von Jesus werde ich diese Kämpfe gewinnen. Es liegt eine unbestreitbare Kraft in dem Wissen, dass ich sein Geschöpf bin, und dass er mich sorgfältig und wunderbar nach seinem Bild geschaffen hat.

Auch die Ermutigung durch andere gibt mir Kraft, Mädchen und junge Frauen wie du, die sich die Zeit nehmen, mir Komplimente zu machen, mich zur Verantwortung ziehen und mir von ihren eigenen Enttäuschungen berichten. Ich weiß, dass Jesus weiter an mir arbeiten wird, sodass ich seinem Bild von mir entspreche. Dasselbe wird er auch für dich tun. Ich bete, dass jede, die dieses Buch liest, sich in allen Bereichen, in denen sie Schwierigkeiten hat, von Jesus abhängig macht. Ich bete, dass du erkennst, welchen Wert du in Jesus hast und welches Kunstwerk in dir steckt.

Danke, dass du mich auf dieser Reise zur wahren Schönheit begleitet hast.

Weiterführende Infos

Rat und Hilfe:

Chris – das christliche Sorgentelefon für Kids und Teens
Telefon: 0800-120 10 20 · www.chris-sorgentelefon.de

www.ess-stoerungen.net
www.bzga-essstoerungen.de
www.cinderella-rat-bei-essstoerungen.de
umfangreiche Hilfeseiten und Beratungsangebote zum Thema Essstörungen

www.love-u-feel-free.de
persönliche Seite von Claudia, die als ehemals Betroffene anderen mit Essproblemen und Selbstzweifeln helfen will.

Buchempfehlungen:

Mieka Phillips: Wer will schon wie Barbie sein. 50 Andachten für Mädchen. Gerth Medien 2011

Das perfekte Lächeln. Die perfekte Figur. Seit vielen Jahren steht Barbie für den Traum unzähliger Mädchen. Doch Gott wollte nie, dass du austauschbar bist. Frische Andachten für ein befreites Leben.

Jennifer Strickland: Bekenntnisse eines Topmodels. Ein ungeschminkter Blick hinter die Kulissen der Modewelt. Gerth Medien 2012

Ein Armani-Model erzählt, wie die Modewelt sie innerlich zerstörte – trotz Erfolg. Nach einem Selbstmordversuch findet Jennifer Gott und damit wahre Liebe statt Perfektion.

Deborah Rosenkranz: So schwer, sich leicht zu fühlen. Wie ich von meiner Essstörung frei wurde, adeo-Verlag 2011

Die Geschichte einer Frau, die sich fast zu Tode hungert, doch den langen Weg aus der tiefen Krise geschafft hat.

Sonstiges:

www.girls4god.de
christliche Ermutigungswebseite für Mädchen und junge Frauen

www.OperationBeautiful.com
englischsprachige Seite darüber, wie Frauen einander ermutigende Post-it-Botschaften an allen möglichen Orten wie Damentoiletten und Umkleidekabinen hinterlassen. Originelle Idee. Einfach mal nachmachen!

Quellenverweise

Kapitel 2: Die Geschichte der Schönheit

[1] *„Dicke, fette Lügen: Die Wahrheit über Ihr Gewicht und Ihre Gesundheit“*: „Big Fat Lies: The Truth about Your Weight and Health“ von G. Gaesser, New York: Fawcett Columbine, 1996.

[2] *„Kampf mit dem eigenen Körper: Frieden schließen mit der Weiblichkeit“*: „Body Wars: Making Peace with Women's Bodies“ von Margo Maine, Carlsbad, Cal.: Gurze Books, 2000, S. 192.

[3] *„Die Diätspirale“*: „The Dieting Maelstrom“ von K. D. Brownell und J. Rodin, aus „American Psychologist“, Volume 49 (9), 781–791.

[4] *„Überblick über die Verbreitung und Häufigkeit von Essstörungen“*: „Review of the Prevalence and Incidence of Eating Disorders“ von H. W. Hock und D. van Hoeken, aus „International Journal of Eating Disorders“, 2003; 383–396.

Kapitel 3: Schritte auf zerbrochenem Glas

[1] *„Kaputte Fenster“*: „Broken Windows“ von George L. Kelling und James Q. Wilson, aus „Atlantic Monthly“, März 1982.

Kapitel 4: Fundamente legen

[1] *„Mama, ich fühl mich so fett“*: „Mom, I Feel Fat“ von Sharon Hersh, Colorado Springs: WaterBrook, 2001, S. 66–70.

Kapitel 5: Woher kommen diese Gefühle?

[1] Anonymer Leserkommentar aus „Self“, Oktober 2006, S. 28.

[2] *„Wie die Mutter, so die Tochter“*: „Like Mother, Like Daughter“ von Debra Waterhouse, New York: Hyperion, 1997, S. 15.

[3] J. K. Rowling, http://www.jkrowling.com (Biografie).

Kapitel 6: Gefälschte Botschaften

[1] *„Untersuchungen über die Auswirkungen der Medien auf die Unzufriedenheit mit dem eigenen Körper bei europäischstämmigen Amerikanerinnen“*: „Predictors of Media Effects on Body Dissatisfaction in European American Women“ von Emily A. Hamilton, Lauri Mintz und Susan Kashubeck-West, aus „Sex Roles: A Journal of Research“, Vol. 56, Nr. 5–6, März 2007, S. 397–402.

[2] *„Schönheit … und die vermaledeite Werbung“*: Beauty … and the Beast of Advertising“ von Jean Kilbourne, http://www.medialit.org/reading_room/article40.html

[3] *„In Bann gezogen: Was Sie und Ihr Teenager über Marketing wissen sollten"*: „Getting Taken: What You and Your Teens Need to Know about Marketing (Part 1)" von Walt Mueller, http://www.cpyu.org/Page.aspx?id=275909

[4] *„Kleidung im Überfluss bei Kindern: Die heutigen Kinder sind fixiert auf Mode. Ein gutes Outfit reicht nicht aus. Es muss auch teuer sein."*: „Children Who Dress for Excess: Today's Youngsters Have Become Fixated with Fashion. The Right Look Isn't Enough – It Also Has to Be Expensive" von Ron Harris, „Los Angeles Times", 12. November 1989.

[5] *„Kate lehnt digitale Ethik von Photoshop ab":* „Kate Doesn't Like Photoshop-Digital Ethics" von Jeff Schewe, „Photoshop News", http://photoshopnews.com/2005/04/ 03/kate-doesnt-like-photoshop.

[6] Walt Mueller, ebd.

Kapitel 7: Aussehen mangelhaft? Willkommen im Klub

[1] *„Spieglein, Spieglein"*: „Mirror, Mirror" von Kendall Payne und Kara Powell, Grand Rapids: Zondervan/Youth Specialties, 2003, S. 69.

Kapitel 8: Aber warum kann ich nicht so aussehen wie sie?

[1] „O, The Oprah Magazine" von Phillip C. McGraw, 1. April 2006.

[2] ebenda

Kapitel 9: Das Dilemma mit der Körperwahrnehmung

[1] *„Studie zeigt: Ergebnisse einer Meinungsumfrage über Körperselbstbild"*: „Survey Says: Body Image Poll Results" von David Garner, „Psychology Today, Januar/Februar 1997, S. 30.

[2] *„Weibliche Jugendliche, die eine Diät machen, fangen eher mit dem Rauchen an"*: „Teen Girls on a Diet More Likely to Smoke", http://www.msnbc.msn.com/id/20759963

[3] Diese Information stammt von der Webseite der National Eating Disorders Association (Gesellschaft für Nationale Essstörungen): http://www.nationaleatingdisorders.org (Der Link zu der genannten Information ist nicht mehr abrufbar.)

Kapitel 10: Gestörtes Essverhalten

[1] laut einer Meldung auf www.tagesschau.de vom 25. September 2006 (nicht mehr online verfügbar)

[2] *„Überblick über die Verbreitung und Häufigkeit von Essstörungen"*: „Review of the Prevalence and Incidence of Eating Disorders" von H. W. Hock und D. van Hoeken, aus „International Journal of Eating Disorders (34)", 2003; 383–396.

[3] National Eating Disorders Associaton (Nationale Gesellschaft für Essstörungen), 2006, www.nationaleatingdisorders.org

[4] *„Das Spektrum der Essstörungen"*: „The Spectrum of Eating Disturbances" von C. M. Shisslak, M. Crago und L. S. Estes, „International Journal of Eating Disorders", 1995, S. 209–219.

[5] *„Ich bin irgendwie so fett"*: „I'm, Like, SO Fat!" von D. Neumark-Sztainer, New York: Guilford Press, 2005, S. 5.

Kapitel 12: Wie Gott deine Schönheit sieht

[1] *„Weißt du nicht, wie schön du bist?"* von John und Stacy Eldredge, 2006, Brunnen-Verlag, Gießen.